純愛のルール

純愛《じゅんあい》のルール

きたざわ尋子《じんこ》

ILLUSTRATION
高峰《たかみね》 顕《あきら》

CONTENTS

純愛のルール

純愛のルール

彼を最初に見かけたのは、夏もまだ盛りの頃《ころ》だった。

連日の猛暑でうんざりとし、「暑い」が口癖になっていたある日、嘉津村《かつむら》巽《たつみ》は気温と湿度に耐えかねて目の前にあったコーヒーショップに逃げこんだ。

エアコンでよく冷やされた空気に、思わずほっと息がもれた。

席はほとんど埋まっていたが、ただ一つ窓際の席が空いていた。隣の席の客はテーブルに突っ伏して眠っているようだ。テキストやノートを広げているところを見ると、大学生か受験生といったところだろう。

アイスコーヒーを買って席に落ち着き、一気に半分くらい喉《のど》に流しこんだ。内側から冷やされていく感覚が心地よかった。

ガラス一枚隔てただけの向こうは相変わらず茹《う》だるような暑さで、道行く人々の表情も辟易《へきえき》しているように見える。眺めているだけで嘉津村まで暑さを思いだし、自然と目を店内へ戻した。

ふと隣の席で眠る学生が目に留まった。

嘉津村のほうへ顔を向け、すうすうと気持ちよさそうに眠っているのは考えていた通り学生ふうの青年だ。ただし思わず目が留まるほどきれいな顔をしていた。成人しているかどうかといった年齢に見えるが、寝顔はあどけなくてもう少し下のようにも思えた。

外の暑苦しさとは対極にある、涼しげで爽《さわ》やかささすら感じる容貌《ようぼう》だ。

小さな顔に色の白いすべらかな肌。閉じていてもわかる大きな目は長いまつげに縁取られていて、

鼻筋は通っているものの高くも低くもないという感じだ。そしてわずかに開いた唇はふっくらとして薄く色づいていて、まるで誘っているように感じた。

そう考えて嘉津村ははっと息を呑《の》んだ。

(いやいやいや……)

慌てて視線を外してから、自らに落ち着けと言い聞かせる。

いくらきれいな顔をしていても相手は男だ。男同士の関係を否定するつもりはないし、知りあいには何人か同性愛者もいるが、少なくとも自分が踏みこんでいく領域ではない。嘉津村にとって恋愛とセックスの対象は異性しかありえず、二十七年間生きてきて同性を意識したことは一度もなかった。

暑さのあまり頭がどうかしたのかもしれない。寝不足なのも関係していそうだ。

(なんか……久しぶりだよな)

最近その手の欲求を覚えなくなっていたが、意欲が戻りつつあるということなのだろうか。性欲だけでなく、仕事に対する意欲もなくして久しいが、こちらのほうも戻ってきてはもらえないものか。

ここ三年ほど、嘉津村の意欲はあらゆる方面において低下している。まったく仕事をしていないわけではないが、やる気もないまま頼まれたいくつかの小さな仕事をしているだけだ。それも常にせっつかれ、泣きつかれながら。

嘉津村は大学に入った年の秋に、投稿したミステリー小説で賞を取り、学業のかたわら作家として活動するようになった。ミステリーだけでなく、ホラーやアクションといったものも書いた。賞を取った作品は書籍化後、すぐにドラマ化されて結構なヒット作となり、以後も何作品かが映像化された。ペンネームは本名である嘉津村巽をもじって、辰村克己《たつむらかつみ》にした。投稿するときに適当に考え、そのまま現在も使っている。

著者近影の写真だけで、女性ファンをかなり獲得したと言われているし、そこは否定しない。当時十九歳という若さとビジュアルで話題になったことも事実だ。だがメディアでの露出を勧める周囲に逆らって、嘉津村はテレビなどには出ないようにしている。取材は受けるが、なるべく顔は出さないですむようなものを選んだ。

静かに生活したかったからだ。プライベートは保ちたい。理由はそれだけだった。

最初の三年はかなりのペースで作品を発表していたし、いずれもそれなりに売れた。そうしてあれよあれよという間に嘉津村——いや辰村克己は人気作家の一人となった。

だがデビューしてからの五年間でいろいろなものが尽きてしまった。ここ三年ほど、小説というものを発表していないし、そもそも書いてもいなかった。

悠々自適と人は言う。本気でそう思っている者もいるだろうが、揶揄《やゆ》や嘲《あざけ》りを含める者もいることも重々承知だ。

他人から言われるまでもなく、誰《だれ》よりも嘉津村自身がわかっていた。嘉津村のなかには現状への焦燥感と苛立《いらだ》ちがあり、それでいながら改善できない自らへの憤りがある。自分に嫌気がさすようになって久しく、そのせいか余計に気分は乗らない。

今日だってそうだ。気分転換と称して外へ出たはいいものの、最初から無駄だということはわかっているのだ。

(気分転換以前だよな)

そもそも書きたいものが浮かんでこない。嘉津村がもう三年ほど手をつけていない小説にしてもそうだし、毎月せっつかれては無理矢理《むりやり》文字数を埋めているエッセイについてもそうだ。

現在追われている仕事はことさら難題で、義理のある相手からの依頼でなかったら、間違いなく断っていた。恋愛をテーマにした歌の作詞なんて、自分の記憶を手繰りよせても出てくるものではない。昔から恋愛小説もドラマも興味はなかったし、一度も書いてみたことがない。

(恋愛なんて可愛《かわい》らしいもん、してないからなぁ……)

嘉津村がしてきた付きあいは、興味と性欲と惰性に基づくもので、恋も愛も絡んだことはなかった。小学生のときにクラスの女の子に恋はしたが、そんな幼い恋は今回の仕事に役立ってくれない。

ポケットのなかの携帯電話が震え、嘉津村は現実に戻った。着信はメールで、相手は作詞を依頼してきた人物だった。内容は確かめるまでもない。

嘉津村はふうと溜《た》め息《いき》をつき、携帯電話を閉じた。

帰って仕事をしなくては。だがもう少し、ここにいたかった。

外は溶けそうなほど暑いから。店のなかは涼しくて心地がいいから。そして隣で眠る青年は、そこにいるだけでやけに和ませてくれるから。

　隣で青年が身じろいで、なにげなく視線をやったとき、ふと内側からなにかが弾《はじ》けるような感覚があった。

「…………」

　久しぶりの閃《ひらめ》きだった。

　急に店内のざわめきが遠くなる。意識が内側にむかって、いわゆる〈下りてくる〉状態が来ようとしている。

　嘉津村は持ち歩いているメモとペンを取りだした。

　あふれるように出てくるのは、言葉なのか感情なのか、自分でもよくわからない。忘れないうちに湧《わ》きあがってきたものを取り留めもなく書きだした。

　周囲の音はもう聞こえなくなっていた。

結局、印象的なあの青年を見たのは一度だけだった。暑い夏の日の、たった一度だけ。何度かコーヒーショップに行ってみたが彼はいなかったし、あの界隈《かいわい》を歩いても姿を見たことは一度もなかった。すでに季節は移り、秋を過ぎて冬に差しかかっている。

近くに住む大学生だろうと思い、ならばまた会うこともあるに違いないと安易に考えていたが、まったく甘い考えだった。とはいえ、会ってどうするというわけでもない。知りあいになろうとか、ましてや誘おうとか、そんな思惑があったわけでもない。

ただ見たかったのだ。そしてできるなら、どんなふうに笑うのかを見たいだけだった。

あの日、嘉津村は視界の隅に彼を入れつつ、驚くべき速さで詞を書ききった。あふれ出すままに書き殴っていたから、絶対に推敲《すいこう》しなくてはならないと考えていたのに、実際はほとんど直すことなく依頼主に渡せるものが書き上がった。

最後の一文を書き終えたのを待っていたように隣の彼は身じろぎ、ゆっくりと身体《からだ》を起こした。ぼんやりとした目もとがやけに艶《なま》めいて見えた。だが一瞬後には息を呑んで大きく目を開け、眠ってしまったことを恥じるように、慌ててテーブルの上を片付けた。立ちあがるときに一瞬嘉津村を見て、わずかに目を瞠《みは》ったように思えたが、すぐにテーブルや椅子《いす》にぶつかりながら店を出ていった。「わっ」だの「あっ」だの「ごめんなさい」だのという声がだんだんと遠ざかっていき、やがて彼の姿は店内からなくなった。

ずいぶんとにぎやかな退場だった。いくらところ狭しとテーブルや椅子があるとはいえ、あそこまで盛大にぶつかっている人間は見たことがなかった。

つい笑ってしまった嘉津村に罪はないだろう。

外へ出て、そのまま転がるように走っていったほっそりとした姿が目に焼きついている。けっして大きくはないが、小柄というほどでもない。全体のバランスがよくて頭が小さく、手足が長いということもわかった。

名も知らぬ彼はそうやって嘉津村に強い印象を残していった。

一人になると、ときどきあのときのことを思いだす。むしろ否応《いやおう》なしに思いだすはめになっているとも言うが。

(あんな詞、出すんじゃなかったよ。もっと別のにすりゃよかった)

日記を公開したようで、ひどく落ち着かない気持ちだ。あるいは夜中に書いたラブレターを、うっかり第三者に見られた気持ちとでも言おうか。

とにかく勢いで書いたあれをそのまま出したら、あれよあれよという間に曲として完成してしまい、つい先日から巷《ちまた》でいっせいに流れだした。だから忘れようにも忘れられないというのが実情だった。

やれやれと溜め息をついてグラスを傾けていると、一つ置いた隣に顔なじみの客がやってきた。

「こんばんは。なんだか浮かない顔ですね」

隠れるようにある地下の小さなバーで知りあった男は、成長著しい外食企業の社長を務めている。名は柘植三樹也《つげみきや》といって以前名刺をもらったことがあった。歳《とし》は四十少し前だと聞いているが、見た目はもう少し若く見え、社長業に就いているというよりはデザイナーだとかアーティストだとかいったほうが納得できる容貌と雰囲気の持ち主だ。今日は肩より長い髪を後ろで一つに縛っているせいか、ことさらその印象が強い。

「腑《ふ》抜けてましたか」

「いやいや、男前はなにをしていても様になるんだなと思ってました」

「あれ、ここは俺《おれ》が奢《おご》れってことかな」

冗談めかして流してしまおうとするが、柘植はさらに続けた。

「いつもお一人なのは、ここが避難場所だからですか？」

「避難？」

「女性からの。辰村先生だったらさぞかし引く手あまたでしょう」

ペンネームで呼ばれるのはいつものことだから、そこはどうでもいい。だが女に追いかけまわされているのが日常のような言い方には苦笑してしまう。

「そんなことないですよ。言われるほどもてませんしね」

「意外だなぁ。黙ってても寄ってくるでしょうに」

確かにものごころがついたときから、嘉津村は常に異性からの、ときには同性からの熱い視線にさらされてきた。目立つ容姿だという自覚もある。祖母がドイツ人のせいか、日本人にしては彫りが深く、昔からこの顔は女性受けがすこぶるよかった。人より体格的にも恵まれていて、柘植が言うように黙っていても相手のほうからアプローチがあった。

だがそれだけだ。高校生から数えても、彼女がいるときよりいないときのほうが遥《はる》かに長いのが実情だ。

「まぁ……寄っては来ますけど、離れていくのも早いですよ。自分から連絡したりしないし、メールが来ても返信しなかったりしますからね。おもしろみがなくてマメじゃない男は、だめらしいんで。女の子が求めてるのは、俺みたいな男じゃなくて、たぶん柘植さんみたいな人なんですよ」

わかっているが、別にそれで困るわけではないから、改善する気もないのだった。

以前は仕事のほうが楽しかったから彼女は二の次だったし、ここ何年かは恋愛にもセックスにも興味が湧かなかったから、そもそも特定の彼女というものを作らなかった。相変わらず寄っては来るが、反応しなければそのうち引き下がるし、そもそも出会いがあるような場には出ないようにしているから、寄ってきたとしてもそれは通りすがりの相手で終わった。

「嘉津村さんの理想が高すぎるんじゃないですか？」

「そんなことないですよ」

「って言う人ほど、結構無茶《むちゃ》な条件を並べるんですよ。それで、どんなタイプがいいんです？」

「いや、別にタイプなんて……」

ふいにあの日の青年が脳裏に浮かび、嘉津村は固まった。いきなりだった。なんの前ぶれもなく、勝手にあの姿が出てきたのだ。

柘植はくすりと笑った。

「その顔、具体的な相手がいるんでしょう」

「あ……いや、まぁ……見た目の理想はあるかもしれません」

女っぽい顔ではなかったが、男っぽくもなかった。化粧もしていないのに、そこらを歩いている女性よりもよほど美しかったのは間違いない。あの顔を好きか嫌いかで問われたら、迷うことなく好きだと答えるだろうが、だからといって、やはり男という時点で〈理想のタイプ〉ではありえない。

「中身に対しての理想は？」

「どうなんですかね。自分でもよくわからないんですよ。どうも恋愛に向かない人間みたいで」

「一人のほうが気楽ですか」

「気楽ですね。特に飲みに行くのはね。好きなときに飲みに来て、好きなときに帰れるし。こういうふうに、人と話したりするのは好きなんですが、いちいち約束取りつけたり誘ったりっていうのが、面倒《めんどう》で」

「わかりますよ」

「いろいろ枯れてるんです」

「まだ若いのに」

「自分でもそう思うんですけどね。仕事も惰性で続いてるようなもんだし」

「惰性でヒット曲出したんですか？　外へ出ると、毎日どこかで耳にしますよ」

「ああ……まぁ、誰が書いてもある程度売れたと思いますけどね」

嘉津村が歌詞を提供したアイドルグループは絶大な人気を誇っているし、作曲者もいわゆるヒットメーカーだ。むしろそんなところに嘉津村が加わっていること自体が不思議なくらいだった。

「でも今年一番のヒットって言われてるでしょう？」

「そうらしいですね」

「このあいだ、フルで聞いてみましたよ。ああいうのも書けたんですね。いや、ピュアな感じが出ていいですよ、とても。そのくせちょっとエロい。そこがまたいい」

「ピュアですか？」

「うん。なんていうのかな、青臭い感じ……というか。言われませんか？」

「思春期の幻想みたいな歌だとは言われますけど」

「ああ、うん。それです、それ。ちょっと夢見がちな感じがするせいかな。いや僕はそこが好きなんですけどね」

「ありがとうございます。実を言うと、あれは久しぶりに『下りてきた』感じだったんですよ」

「なるほどねぇ……。それ、滅多《めった》にないんですか？」

「ないですね。ここ何年も」

「そうなんですか。うーん……こんなところで失礼なのは承知なんですが、惰性でもう一つ仕事を増やしませんか」

柘植はわずかに身を乗りだしてきた。すでに社長の顔になっている。

「どんな仕事ですか」

「うちのグループで月刊誌を出していましてね。系列店に置いておく無料のものなんですが、そこにエッセイというかコラムというか、まぁ一ページくらいのものをお願いしたいんですよ。テーマは、うちの仕事なので食に関することになると思いますが、細かいことは未定です」

「はぁ……食、ですか」

食べることは嫌いではないが、グルメというほどでもない嘉津村にとっては、即座に頷《うなず》きがたい話だった。

「どうですか。場所を変えて、飲みませんか。ちょっとお勧めの店があるんですよ。僕のとっておきの避難場所です。まぁ秘密基地ですかね」

「会員制の店なんですか？」

「いえいえ。僕が持っている秘密の店です。オーナーである僕が声をかけた人間しか入れない……ね。いかがわしいことはないですから、安心してください」

「おもしろそうですね」

わずかにだが興味をそそられた。こういうことは珍しい。柘植のもったいつけた言い方に、眠っていた好奇心がくすぐられた。

連れられてバーを出て、タクシーを拾った。向かった先は、嘉津村の住まいから徒歩でも行ける場所だった。

「一つ訊《き》いていいですか」

「なんでしょう」

「声をかける条件というのは？」

「特にないですが、店に馴染《なじ》めそうな人……ですかね。今のところ僕の理想通りなので、それを壊さない人でないと困りますから」

「趣味の店ってことですか？」

「そうですねぇ……言い方は悪いんですが、自宅に友人が勝手にやってきて飲んでいるので、金を取っている……という感じですかね」

「なるほど」

今から行くのは柘植のテリトリーだから、気に入った人間しか入れたくないというわけだ。

タクシーを下りたのは、嘉津村のマンションから徒歩で二十分ほどの場所だった。

レトロなビルを見あげ、その雰囲気のよさに思わず感心した。セセッション様式――いわゆる大正モダン風の四階建てのビルは、一部の窓から柔らかな明かりをこぼしていて、街灯やネオンなどが近くにないせいか、まるで一枚の絵のように雰囲気がいい。

建物のなかに入ってよく見ると、古めかしい様式とは裏腹に、ビル自体は新しいものだとわかった。

「このビル……柘植さんのですよね？」

「そうです。この様式が好きで、建築士さんにお願いしたんですよ。基礎なんかはちゃんと現代建築ですから、安心してください。耐震性もばっちりですから」

本当に趣味で固めてあるらしく、住まいもここの三階と四階にかまえているという。一階はブティックと雑貨店のようだが、すでに今日は閉店しており、柘植は二階への階段を上った。

「ああ、そうだ。ここのことは口外しないでくださると助かります」

「あ、はい」

がらんとした廊下には鉄製のドアが一つきり。店舗ではなく住宅用のものに見えたし、実際にドア脇《わき》の壁には〈柘植〉と書かれた金属プレートが貼《は》りつけてあるし、指紋認証用のロックもあった。普通の住宅のようにモニター付のインターフォンもだ。三階だけでなく、ここも住宅の一部なのだろうかと思ったが、柘植は店へ行くと言っていたのだから、ここが店だというのだろうか。

困惑しているうちに、柘植はロックを解除してドアを開いた。

ドアの向こうがわは板張りの床だった。フローリングというよりは板張りといったほうが相応《ふさわ》しく、ずいぶんと手間がかかっていそうだ。ここもやはり柘植のこだわりなのだろう。小さな玄関ホールの先にはもう一枚の扉があり、そちらは細工が入った木製のものだった。

多少の音漏れはあり、小さく音楽が流れていたが、ドアを開けると音はもっとよく聞こえてきた。シャンソンなのも柘植の趣味なのだろうか。

照明は抑えられているが薄暗いというほどではなく、室内は広い。バーカウンターとキッチンのスペースを除いても二十畳以上はありそうで、隅には四畳分ほどの小上がりもある。座卓が二つ置けるくらいの細長いスペースで、いまはその座卓がまとめて端へ寄せられ、一人の男がぐうぐうと寝息を立てていた。コの字型のソファは無人で、カウチには少し前まで誰かがいた形跡がある。そしてキッチンに一人の男が立っていた。

キッチンにいる男には見覚えがあった。知りあいではないが、メディアで顔と名前を一方的に知っていた。

「志緒《しお》は？」

「買いものに行ってもらってます。買ってくるつもりで、うっかりしてて。南《みなみ》さんが一緒に行きましたよ」

「そうですか。ああ嘉津村さん、こちらへどうぞ」

促されたソファ席は楽に十人くらいは座れそうだ。カウチにグラスとウィスキーボトルが置いてあるのは、話に出た者が座っていたからだろう。

嘉津村を席に着かせると、柘植は自らカウンター内に入り、トレイにグラスや氷、そしてボトルを載せて戻ってきた。何度かバーで会っているので嘉津村の好みは把握しているようだ。

柘植は嘉津村を紹介しようとはしなかった。彼の話から判断する限り、客を選んで一人一人スカウトしているらしいのに、いざ連れてくる段になるとずいぶんあっさりしている。

「いつも人数はこのくらいなんですか？」

「今日は少ないようですね。いつもはだいたい五、六人ですかね。声をかけた人たちは十数人ですが、お忙しい方も多いですから。誰も来ない日も、たまにありますよ」

「あちらの方は、料理研究家の……」

「ええ、犬坂《いぬさか》ユウタさんです。お客さまの一人ですよ」

「え？」

客という言葉を怪訝《けげん》に思っていると、当の本人が皿を手にカウンターから出てきて、できたての料理を嘉津村たちの前に置いた。美しい焼きものの皿には、鶏肉《とり》らしきものをスライスし、そこに野菜を添えてある前菜のようなものが盛られている。

「昨日作ってみたんですけど、鶏の胸肉を使ったハム……的なものです。ぜひ辰村先生も召し上がってください」

「ありがとうございます」

自分を知っているのかと嘉津村は内心溜め息をついた。テレビには出ないが、雑誌のたぐいにはたまに顔を出すし、自分の本には写真を載せている。それらを目にしていれば知っていても不思議ではないし、もしかすると柘植があらかじめ嘉津村のことを話していたのかもしれない。

犬坂はそれからカウチ前のテーブルにも鶏のハムを置き、キッチンに戻っていった。

「客……なんですよね？」

「はい。ここは場所と酒は提供しますが、食べものは出しません。各自で持ちこんだり作ったり、自由にしていいことになっているんですよ」

「ああ、なるほど」

「犬坂さんは、たまに僕たちを試食役にするんです」

「基本はみんなのコックさん、でしょ。ほとんど専属のコックみたいなもんですよ」

人なつっこい笑顔はテレビで見たままだ。彼は昼の番組でレギュラーを持っていて、とりとめもなくテレビを見ているときに、たまに見かける。確かレシピブログが話題になり、料理本を出版したりテレビに出演するようになって、結構な人気を博しているはずだ。嘉津村とそう歳は変わらず、爽やかな印象を受ける顔立ちで女性受けはかなりいいらしい。すらりとした長身に、体育会系の雰囲気を醸しだす好青年……といったところだ。

柘植はさっきまでのバーと同じように話を始める。彼が自ら言っていたように、ここは特殊だがれっきとした店で、彼はオーナーではあるものの、客として楽しんでいるのだ。だからホスト役はしないらしい。

「店らしくないですね」

「でしょう。作りも客も、僕の好みで固めてあるんですよ」

「俺のどこが、お眼鏡にかなったんですか」

「まずは口が堅そうなこと。あとは、さっきも言ったように、ここに馴染めそうなところ。僕にとっての居心地のよさを追求してるので、誰でも馴染めるわけじゃないですからね。ああ……帰ってきたみたいですね」

　柘植の視線を追った直後に、木製のドアが開いた。

「あ……」

　嘉津村は店に入ってきた人物を見て、そのまま周囲を忘れたように止まってしまった。小さく発した声は、柘植には聞こえてしまったことだろう。

　あのときの青年に間違いない。その後ろから、ひょろりとした男が続いた。服装といいヘアスタイルといい、普通のオフィスにはいないタイプだ。クリエイターやアーティストと呼ばれるジャンルの人間だろう。年齢は嘉津村よりもいくつか上のようだ。

「オーナー、いらしてたん……」

　目があった途端に、青年も動きを止めてしまう。大きな目をさらに大きく瞠り、ひどく無防備な顔になった。

「しーちゃん？」

「あ……は、はい」

　後ろから声をかけられ、しーちゃんと呼ばれた青年ははっと我に返った。

　そういえば先ほど柘植が名前を言っていたなと嘉津村もようやく冷静さを取り戻した。同時に説明のつかない不快感が、じわじわと胃のあたりからせり上がってきた。確か一緒に行ったという男の名は南といったはずだ。

その南は目の前の薄い肩に手を置いて、覗《のぞ》きこむようにして前屈《かが》みになった。

「知りあい？」

「とんでもないです……っ。あの、俺が一方的に知ってるってだけで……！」

「ふーん……どなた？」

ちらりと向けられる目は怪訝そうで、かつ探るようなものだった。少なくとも彼は嘉津村の顔を知らないようだ。

「あの、作家の辰村克己さんです」

「え、マジ？　てっきり俺の知らないモデルか俳優だと思った」

「あちらが紹介して欲しそうな顔をしているので、いいですか？」

「ええ」

柘植が呼び寄せると、南はカウチの前にあったテーブルからグラスとボトルを手にし、ソファ席に移ってきた。希望があればこういうこともあるようだ。

「美容師の南暁生《あきお》さん。一緒に帰ってきたのは斉藤《さいとう》志緒です」

「アルバイト……ですか？」

「いや、一応は客なんですけどね。志緒がどうかしましたか？」

「ああ……いえ、実は以前、コーヒーショップで勉強をしているのを見かけたことがあったんですよ。だから大学生なのかな、と」

疚《やま》しいことはないので、嘉津村は答えた。言わなければ、さっき驚いたことが不自然になってしまうだろう。

すると柘植はくすりと笑った。

「夏頃ですよね。志緒から聞いてます」

嘉津村がなかば無意識に見ると、カウンターの向こうにいる志緒と目があった。

会釈しながら逃げるようにして視線を逸《そ》らし、調理中の犬坂に話しかけるのを見て、嘉津村は表情を曇らせた。

「志緒。ちょっとおいで」

「はい」

ちょうどできあがったらしい料理の皿を手に、志緒はソファ席へとやってきた。どうやら仕上げに使う調味料がなくて買いに走ったようだった。調理を終えた犬坂もようやく客らしく席に着いた。これでソファ席は五人となったが、まだかなりの余裕がある。

「夏に志緒と会ったことを覚えてくださってたよ」

「えっ……」

志緒は大きく目を瞠り、嘉津村を見てから俯《うつむ》き加減になる。

また視線を逸らされた。

「なになに、初対面じゃなかったの？」

「たまたま隣の席にいらしたんです。でも、俺寝ちゃってて、思いっきり恥ずかしいとこ見られたような……」

南の問いかけには顔を見て答えるのに、志緒は嘉津村とはまともに目をあわせようとはしない。人見知りをするタイプなのかもしれないが、なんとなくおもしろくなかった。

「恥ずかしいことしたの？」

「寝過ごしちゃって、慌てて店出ようとしたから、あちこちぶつかっちゃって」

「なーんだ、そんなことか」

拍子抜けと言わんばかりの南が、まるで確認するかのように嘉津村を見たので、その通りだと頷いてやる。

「印象深かったんですか？」

「ものすごい勢いでしたからね。あそこまで立て続けにぶつかって歩く人を見たのは初めてでしたよ」

本当のことはもちろん言わない。眠っている志緒を見て、あの詞が浮かんだなんてことは言えるはずもなかった。

「うわぁ……」

志緒は頭を抱えんばかりになって、恥ずかしそうに下を向いた。

「志緒。山崎《やまざき》の二十五年をもってきて。みんなで開けちゃおう」

「は、はい」

「やった。柘植さんの奢りですよね？」

「新しいお客さんの歓迎にね」

「ラッキー。今日来てよかったー。あ、布施《ふせ》さんは寝かしときましょう。や、なんかお疲れのようだったし」

「分け前減らしたくないって、正直に言えばいいのになぁ」

にやにやと笑いながら進言する南に、犬坂が呆《あき》れながら突っこみを入れたが、言うだけで実際に布施なる人物を起こそうとはしなかった。ようするに同意見だということだ。

志緒は慣れた様子で酒の用意をした。だが彼はこういう場所に客として出入りするタイプには見えなかった。それは嘉津村の思いこみというやつなのだろう。志緒に関しては夢見がちだという自覚はあった。

「しっかし、この状態でよく寝られるな」

グラスを揺らしてカラカラと音を立てながら、犬坂は眠る男を視界に入れて呟《つぶや》いた。口調は呆れたものだが、悪意はまったく込められていなかった。

「おとといから寝てなくて、仕事上がりでそのまま来たんだってさ。だったら家に帰って寝ればいいのにねぇ？」

本人の知らないところで男はしばらく酒の肴《さかな》になっていた。なんでも彼は服飾デザイナーで、大手アパレルメーカーでいくつかのブランドを任されているという。メインのメンズブランド、アルコバレーノは嘉津村も聞き覚えがあった。

やがて話題は新顔の嘉津村のことになった。どうやら南はエッセイくらいしか読んだことはないようだが、映画化された作品は観《み》たらしい。犬坂は数冊が既読だということだ。二人とも興味津々で、いろいろなことを尋ねてきた。

志緒は終始聞き手に徹していた。酒の用意を終えて席を立とうとしたのだが、それを柘植がやんわりと押しとどめ、ソファ席の隅にちょこんと座って話を聞いていた。頷く程度でまったく話に加わってはこなかった。

志緒を見ていると違和感を覚えてしまう。彼がまとう雰囲気が、少し変わったような気がして仕方なかった。もちろん一度しか会っていないのだし、言葉すら交わしたこともなかったわけだから、たんなる思いこみなのかもしれない。それでも表情の作り方や、なにげない視線の動かし方が、あのとき見た志緒とは重ならなかった。笑っていても、どこか寂しげに見えるし、萎縮《いしゅく》しているようにも思えた。

あのときは、もっと屈託のない様子だったはずだ。視線にももっと力強さがあったように思う。顔立ちがきれいなことを除けば、どこにでもいる大学生といった印象が残っていたのだ。

嘉津村が店にいたのは一時間ほどだが、結局一度としてまともに目はあわなかった。

そろそろ帰るという南の声をきっかけに、犬坂も腰を上げた。なんとなくそのままお開きという雰囲気になった。

「特に閉店時間は決まっていないので、朝までということもありますよ。開店は八時って決まってるんですけどね。志緒、布施さんを起こしてさしあげて」

「はい」

言われるままに志緒は動いた。当たり前のように呼び捨てにされ、柘植の言葉に即座に反応する。従業員ならば当然だろうが、柘植は一応客なのだと言っていたから、違和感は拭《ぬぐ》えない。

それ以上に、嘉津村のなかには不快感があった。柘植が艶《つや》のある声で「志緒」と呼ぶたびに、ムカムカして顔をしかめたくなる。

志緒を手伝いに犬坂が行き、布施を自宅まで送ると言いだした。二人の家が近いらしいので仕方がないと諦《あきら》めている様子だ。この手のことは初めてではないようだった。

にぎやかに帰る準備をしているなか、柘植が嘉津村に向きなおった。

「お気に召したら、またいらしてください。定休日なんていうものはありませんし、人がいなくても入ってくださってかまいません。よろしければ入り口に登録させていただきますよ」

「よろしくお願いします」

一も二もなく頷いた。この店自体にさほど強い興味はなかったが、志緒がいるというならば話は別だ。

嘉津村は入り口のドアで認証のための登録をしたあと、半分眠っている男を含めて四人でビルを出ることになった。柘植は志緒を隣に置いたまま、にこやかに客たちを送りだした。

「じゃ、俺は布施さん送っていくんで」

「あとで手間賃請求してやんな」

「そうする」

犬坂は布施をタクシーに押しこめて一緒に去っていった。車通りの絶えない道だからタクシーはどんどん流れていくが、嘉津村の意識は背後のビルにあった。

外からなかの様子を窺《うかが》い知ることはできないが、立ち去りがたい感情に支配されてしまっている。

気づいているらしい南も、タクシーを止めることなく横にいた。

「なんか気になる?」

「いや……その、志緒くんはまだ帰らないのかと思って」

「あー、うん、それね。あのさ、センセ。差し出がましいようだけど、しーちゃんはだめだよ」

「どういう意味ですか」

「だって、ずーっと気にして見てただろ。バレバレ。あ、それと口調なんだけど、もっと普通にしゃべってよ。いつもそんなん?」

「いや」

「だったら、お互いにタメ口ってことで。ＯＫ?」

「ああ」

「で、話の続き。しーちゃんは柘植さんのものだから、諦めたほうがお利口さんよ」

「柘植さんの……もの？」

「そうそう。見ててもわかったでしょ。あの子って、いかにもワケありっぽい雰囲気だし。しーちゃんはね、柘植さんに囲われてる子なんだよ」

「まさか」

男同士であることを差し引いても、容易に納得できることではなかった。他人の性的嗜好《しこう》に口を出すつもりはないが、柘植は既婚者のはずだ。

「しーちゃんは二十歳すぎてるし、柘植さんとこは別居中らしいし、別にいいんじゃないかなーと俺は思うわけ」

「同性でもか？」

「あ、そこ引っかかる？　そうなの？　俺はてっきり、センセもしーちゃん狙《ねら》いなんだと思ってたんだけど」

「も……？」

我知らず目を眇《すが》めると、南は両手を挙げて降参とでも言いたげな顔をした。どこか芝居がかったしぐさに、ささくれだった気分にますます拍車がかかる。

「俺もねぇ、しーちゃんがフリーだったら頑張ったよ。でもほら、柘植さんのお手つきってのはヤバイからさ。出禁にされちゃうのもやだし」

ようはその程度の気持ちだということだ。本気ではなく、軽い気持ちで誘いたい、あるいは寝たいということなのだろう。嘉津村はそう判断する。

「南さん……だっけ？　あんたはあそこに行くようになって長いのか？」

「いや、今年の春くらいから。そもそもあの店って、できてまだ一年もたってないんだよ。で、しーちゃんが来るようになったのは、夏の終わりくらいかな。最初っからもう、ワケあり臭がプンプンしてたよ」

「そうだとしても、どうしてそれが囲われてるってことになるんだ？」

「だってしーちゃん、あそこに住んでるもん」

南はけろりと言ってビルを指さした。

「え……？」

「さっきも言ったけど、奥さんとは別居中。ということは、柘植さんとしーちゃんしか住んでないってこと。あんたも見てて思わなかった？　柘植さんってしーちゃんに対して自分のものオーラ、びしびし出してるだろ？」

嘉津村は声もなくビルを見つめた。

あの二人のあいだに、説明しようがない空気が流れていたのは確かだ。秘密を共有している者同士にありがちな、他者を排する気配があった。

「ま、そんなわけだからさ。悪いこと言わないから諦めなって。じゃ、またね」

南は嘉津村の肩をぽんと叩《たた》くと、ひらひら手を振りながら一歩車道のほうへ出てタクシーを拾った。

そしてそのまま帰っていく。

嘉津村はあらためてビルを振り返り、睨《にら》むように店のあるあたりを見た。

南と話したおかげで、すべてが腑に落ちた。店にいるあいだに何度か覚えた不快感の理由も、あんなにも志緒のことが気になっていた理由も。

ああまで言われてようやく自覚するなんて、やはり恋愛に対する感覚の鈍さはひどいままらしい。

「いい歳して一目惚《ぼ》れかよ……」

苦笑まじりの呟きは、風にまぎれて消えていく。だが嘉津村についた火はそう簡単に消えてくれそうもなかった。

窓から差しこむ西日に気づき、志緒はパソコンのディスプレイから顔を上げた。

ずいぶんと日が短くなってきた。ついこのあいだまで暑くて仕方ないと思っていたのに、最近は日が落ちると冷えこみ、眠っているときも縮こまっていることが多い。

時計を見て志緒は立ちあがる。足りないものを買い足しておかなければいけない。志緒は従業員ではないが、ある程度のことはする約束だ。

書きかけの卒論を保存して、パソコンの電源を落とす。柘植にもらった中古のパソコンは、文章を打つだけに使うのがもったいないほど高性能だが、いまの志緒には使いこなしてやるだけの余裕がなかった。

預かっている財布をバッグに入れ、別室へ向かう。木のドアと店の入り口とのあいだにはドアが二つあり、そのうちの一つはトイレとバスで、もう一つは倉庫代わりの部屋だ。酒などのストックや食器、タオルや掃除用具やCDなど、店においておけないものがすべて押しこめられている。その部屋の一角は志緒の私物が占領していた。

段ボールが五箱と、パイプハンガーにかかった服。ものはなるべく処分したが、それでも身一つというわけにはいかなかった。それにここへ来てから、新しい服が大量に増えてしまった。デザイナーの布施がサンプルだからといってよくくれるからだ。

そのうちの一つ、去年の売れ残りだというコートを着て、志緒は外へ出た。

輸入食料品の店へ行くには、少し遠くまで歩かねばならない。以前だったらバスにでも乗っただろうが、今は片道二キロ以上を黙々と歩く。

夏の終わりまで住んでいた町に、特別な感慨はなかった。だが大学に入ってから三年以上住んでいたから、駅前の光景は馴染み深く、なにがどこにあるのかも把握できている。

迷うことなく輸入食料品の店に入り、チョコレートやピスタチオなどを籠《かご》に入れていく。柘植フードサービスからまわしてもらわないのは、どうしても単位が大きくなってしまうからだ。日によっては誰も来ないこともあるあの店は、少量の食品を用意しておけばこと足りる。

そうして買いものをすませ、来た道を引き返した。

ふと目に入ったコーヒーショップは、あの日嘉津村と出会った場所だ。ずいぶんと遠いできごとのように思える。

入ってみる気になったのは、喉の渇きを覚えたからだった。思えば夏の終わり以来、外でコーヒーを飲んだこともなかった。

(死にそうなほど暑い日だったな……)

気がついたら眠っていて、起きた途端に嘉津村と目があった。その瞬間に、彼が誰かわかってしまい、ただでさえアルバイトに遅れそうで焦っていたのに、ますます舞い上がってパニックになってしまった。

思いだしても恥ずかしい。憬《あこが》れの相手にいきなりみっともないところを見せたことは、志緒にとって消し去りたい過去だった。しかも嘉津村は覚えているという。

嬉《うれ》しいような情けないような、ひどく複雑な心境だ。

コーヒーを買って席を探すためにきょろきょろしていると、あのときとは違う席に、たったいま思いだしていた男がいた。

「あ……」

小さな声が聞こえたわけでもないだろうに、嘉津村は顔を上げ、志緒を見つけて目を瞠った。

会釈すると、おいでと手で誘われる。

店内は混んでいて、席はほかに空いていなかった。行っていいものかどうか迷いながら近づいていくと、嘉津村は向かいの席を勧めてきた。

「いいんですか？」

「もちろん」

「それじゃ、お言葉に甘えて失礼します」

最初の頃と比べたら緊張もしなくなっているが、まだまっすぐ顔を見られるほどではない。まして正面に座るなど、堅くなるなというほうが無理な話だ。

最初に来た日以来、嘉津村はほとんど毎日店に通い、すっかりほかの客たちとも顔なじみになっていた。

志緒も毎日会っているが、常にほかの客がいる状態であり、こうして一対一になったのは初めてだった。

「あのときは、窓に近い席だったな」

「あ……はい」

話しかけられても、やはりまともに顔を見ることはできない。以前はこんなふうではなかったと自分でも思う。だが他人との距離感がわからなくなったいま、こうするのが癖になってしまった。

「来年卒業なんだって？」

「はい。いまは卒論の真っ最中です」

「就職は？」

「あ……まだ決まってないんです。その……内定もらってたところがあったんですけど、だめになっちゃって」

「最近、多いらしいな。そういうの」

景気が悪いからだと、嘉津村は同情的な様子を見せた。確かにそうだが、志緒の場合はまったく別問題だ。もちろん言うつもりはなかった。

「柘植さんに頼んだら、入れてくれそうだけどな」

「どうしてもダメだったらお願いしてみます」

冗談めかして軽く流し、志緒はコーヒーに口をつけた。

「今日は買いもの帰りか？」

「はい。久しぶりに、そこの輸入食品の店に来たので」

「そうか、久しぶりなんだな。道理であれから一度も会わなかったわけだ」

「嘉津村さんはこのあたりなんですか？」

本名で呼ぶことにももう慣れた。当人がそう呼ばれることを望んだので、店ではすっかりそうなったのだが、最初は戸惑いも強かった。なにしろ出会う前から、彼は志緒にとって「辰村克己」だったからだ。

「ああ。でも、駅に近づくことは滅多にないな。普段は車で移動してるから」

「今日は気分転換ですか？」

「まぁね。あのときも、そうだったんだ」

嘉津村は目を細めて窓際の席を見た。

視線が離れたのを感じて顔を上げた志緒は、目の前にある横顔のきれいさに思わず見とれた。端整な顔立ちは彫りが深いのにすっきりとした印象で、さっきから近くの女性客が何度も熱い視線を送っている。無理もないと思った。

ふいに視線が戻ってきて、志緒は逃げるように視線を逸らした。嘉津村が表情を曇らせていることなど気づきもしなかった。

「恥ずかしいんで、あのときのことは忘れてください」

「……あのとき、すぐに俺が誰かわかったのか？」

「もちろんです。あの、いままで黙ってましたけど、ファンなんです。全部持ってます」

意を決して顔を上げ、勢いこんで宣言すると、嘉津村は虚を突かれた顔をし、そのあとで表情をふっと和らげた。

「よかった。俺には関心がないんだとばっかり思ってたよ」

「まさか」

「いままでろくに目もあわせてもらえなかったからな。ま、警戒心が強いのはいいことなんだろうけどな」

ドキッとする言葉だったが、嘉津村に他意はなさそうだ。当然だろう。彼が志緒の事情を知るわけがない。

「で、ようやく近付けたところで質問と提案なんだが……店にはずっといなきゃいけないのか?」

「そんなことないですよ。店員じゃないし」

「そうか。だったらこれから一緒にメシでも食わないか? ここんとこずっと一人で、ちょっと寂しかったんだよ」

「嘉津村さんだったら、いくらでも付きあってくれる人、いそうなのに」

「女からの評判が悪くて、気軽に誘える相手はいないんだ。友達は忙しいやつらばっかりで、俺にかまってるひまはないって言うし」

どう評判が悪いのかは聞かないことにした。恋愛やセックスが絡んだ関係のことを言っているのだろうから、志緒には関係ないことだ。

「俺でよかったらお付きあいします。あ、でもあんまり高級なところは……」

「わかってるって。まだちょっと早いか」

外はすっかり暗くなっているが、夕食の時間にはまだ少し早い。もう少しここで時間を潰《つぶ》そうということになった。

取り留めのないことを話しているうちに、緊張感は少しずつ薄れていった。質問に答えるばかりではなく、自分から積極的に問いかけるようにまでなると、嘉津村の口調もますます砕けて、まるで大学の友人と話しているような気になってきた。

嘉津村の地が見られたようで、やけに嬉しかった。

「ほとんど毎日、お会いしてますよね」

「そうだな。君と俺くらいしか、毎日あそこへ行かないみたいだ」

「まぁ、そうですね」

「まずいな。よっぽどヒマだと思われてるか」

「違いますって！　あ、でも早く新作発表してくれたら嬉しいですけど」

「そうだな……」

嘉津村は途端に歯切れが悪くなり、かすかな苦笑を浮かべた。

彼が小説を発表しなくなってずいぶんとたつ。エッセイや作詞の仕事はしているが、小説はここ何年も出していないのだ。

しまった、と思った。踏んではいけない部分を踏んでしまった。なんとか話を逸らそうと焦っていると、嘉津村のほうから話を変えてきた。

「いま、柘植さんからエッセイ頼まれてるんだよ」

「そうなんですか？　あ、会社で出してる雑誌……？」

「ああ。返事は保留になってるけどな。その話をされたあと、店に招待されたから……もしかして接待の意味だったのかもな」

「それは違う気がします。仕事の依頼なんかなくても嘉津村さんには声かけたと思いますよ。オーナーが好きそうなタイプだし」

「君は？」

「え？」

「志緒くんは、どこで柘植さんと知りあったんだ？」

問いかける嘉津村の表情が思いがけず真剣で、志緒はたじろいでしまう。視線を逃がしながら、質問には答えねばと口を開いた。

「あの、もともと俺、鏡子《きょうこ》さん……ええと、柘植さんの奥さんのところでバイトしてたんです」

「そうなのか」

嘉津村はなんとも言えない複雑そうな顔をした。柘植夫妻が別居中だという話をどこからか聞いたせいだろう。

「仲悪いわけじゃないんですよ。ご夫婦っていうより友人って感じなんですけど……なんて言うか、籍だけは入ってるけど、お互いに干渉しあわないで、自由にやろう……みたいな雰囲気なんです」

「ああ……」

「それで俺は、鏡子さんのサロンで受付とか雑用とかしてて」

「サロン？」

「あ、ネイルサロンです。五店舗あるんですよ。鏡子さんも実業家なんです」

「ネイルサロン……」

さっきからずっと困惑顔の嘉津村を見て、美形はどんな顔をしていても絵になるものらしいと、まったく関係のないことで志緒は感心した。

「正直言って、君とネイルサロンっていうのが繋《つな》がらないんだが……」

「あ、そうですよね。鏡子さんとはもともと知りあいだったんです。出身地が一緒で」

「同郷ってことか。どこなんだ？」

「長野です。諏訪のあたり」

笑顔が引きつりそうになるのを必死でこらえ、なんとか普通に言うことに成功した。何ヵ月かたったせいか、少しは痛みも薄れたらしい。だが当初よりはいくらかマシという程度で、相変わらず思いだすだけで胸がぎゅうっと締めつけられたようになる。

もう近づくこともない場所なのだ。郷愁もあるし、未練もあるが、あの町に行くことはきっと誰のためにもならない。

「バイトはもうやめたのか？」

「あ……はい。いまは卒論に専念してます」

「毎日店にいるのは息抜きか」

「いえ、あの……いま俺、あそこで寝起きしてるので」

「は？」

「前住んでたところを出なきゃいけなくなって、でも新しいとこ借りる余裕もなくて……それで、オーナーが使っていいって言ってくれて」

言い訳するように早口で一気に言うが、嘉津村は怪訝そうな表情を変えてくれなかった。店に住みついているなんて、妙だと思われるのは当然だ。

「柘植さんと、あの上で暮らしてるんじゃないのか？」

「いえ、オーナーはお一人です」

「……すまん。こんなことを訊くのは不躾《ぶしつけ》だと思うんだが、君は柘植さんの恋人……じゃないのか？」

「ち、違います、違います……！　俺とオーナーはそんなんじゃないです！」

以前からの客の一部に、そんなふうに思われているのは知っていた。からかい半分にほのめかされたこともある。害はないし、むしろ虫除《よ》けになると柘植に言われたので、否定もせずにきたが、まさか嘉津村にまで言われるとは思わなかった。

「本当に、そういうのはないです。オーナーは鏡子さんに頼まれて、あそこに俺を置いてくれてるだけで……」

「差し支えなかったら、事情を聞かせてくれないか？　話せる範囲でかまわないから」

興味本位で言いだしたわけじゃないのは、その顔をみれば明らかだった。すべてを話すことはできないが、現状を知らせるくらいはいいだろう。

志緒は小さく息をついて、なるべく深刻にならないように告げた。

「実は俺、勘当されちゃっているんです」

「勘当……？」

「夏頃にちょっと親ともめちゃって、それで縁を切られたんです。だから借りてもらってたマンションにも住めなくなって……」

「理由も訊いても？」

「すみません。それはちょっと……」

「いや、こっちこそ悪かった。それで、親御さんとはまだ和解できてないんだな？」

「かなり難しいと思います。二度と関《かか》わるなって言われたし、俺のことは死んだと思うようにするとも言われたし。だから、鏡子さんのところでバイトするのも辞めたんです。鏡子さんの実家と俺の実家は仕事上の付きあいがあって、鏡子さんが俺の肩持つような形になるのは、まずいんです」

志緒の実家は地元でかなり発言力があり、それに見あった財力もある。十二分に承知しているから、志緒は自ら鏡子との直接的な関わりを断ったのだ。柘植ならば志緒の実家と関わりあいがなく、一般的な夫婦と違って、密な関係でもないから、迷惑もかけずにすむ。

「就職がダメになったっていうのも、実家の経営してる会社だったからなんです。とにかくいっさいの関わりを断たれました」

マンションはもちろん、携帯電話の契約も切られた。大学の授業料は春に一年分を払っていたので、そのまま好きにしろと言われたが、温情ではなく見栄《みえ》がそうさせたのだ。

父親は体面を気にする人だった。なまじ古い家だけに、家名に対しての矜持《きょうじ》もすこぶる高い。

「それで、家財道具とか全部売り払って、オーナーのところでお世話になってるんです」

「家に来いとは言われなかったのか？」

「そこまで迷惑かけられないですよ。家賃も取らないで置いてもらってるし……卒論が終わったら、ちゃんとまたバイトしようと思ってるんですけど」

柘植は金を一円も受け取らず、代わりに店員のまねごとをさせる。掃除と後片付け、客がいるあいだのちょっとした給仕と買いものが志緒に与えられた役割だ。

「どこで寝てるんだ？」

「小上がりです。倉庫代わりの部屋にシュラフが置いてあるので、そこで」

「シュラフ？」

「柘植さんって一時期アウトドアに凝ってたらしいんですけど、もう飽きちゃって、物置で眠ってたらしいです。キャンプしてるみたいで楽しいですよ」

ベッドが恋しいと思うこともあるが、シュラフでも大きなストレスにはなっていない。雨風が防げて寝る場所があり、シャワーも好きなように使えて安全なあの環境は、それほど悪くはないのだ。

「食事はちゃんと取ってるのか？」

「夕食は店でなにか食べられるし、あるものは自由に使っていいって言われてますから。皆さんがいろいろなもの持ってきてくれて、かなり充実してるんです。嘉津村さんがこのあいだ持ってきてくれた寿司《すし》も、すっごい美味《うま》かったです」

客たちは手ぶらで来る者もいるが、一日に誰か一人くらいは皆でつまめるようなものを持参してくるのだ。ピザや焼き鳥のようなものもあれば、フルーツやケーキ類だったりもする。ときには材料だけ持ちこんで、作ってくれとせがまれることもあった。そして週に二度は来る犬坂は、いつも料理を振る舞ってくれた。

「あんなものでよかったら、また買っていくよ」

「あっ、すみません。なんか催促したみたいになっちゃって……」

「リクエストされるのは嬉しいもんだよ。今度は寿司と一緒に、エッセイ本持ってくからさ。そろそろうちに届くはずなんだ」

「嬉しいです。ありがとうございます！」

「みんないろいろ持ってきてるよな」

「はい。すごく助かってます。布施さんはサンプルとかアウトレットものの服をくれるし、南さんはただで髪を切ってくれるんです」

「ああ……」

嘉津村はどこか苦々しい顔をして見せた。志緒が気づかなかっただけで、もしかすると南とは相性が悪いのかもしれない。布施とはまだ話していないはずなので、やはりここは南だろう。

「そろそろ行こうか」

「あ、はい」

促されるまま連れだって外へ出た。日が落ちて予想外に寒くなっていて、コートだけでは首のあたりが心許《こころもと》ない。

「ほら」

ふわりと暖かなものをかけられ、志緒は大きく目を瞠った。嘉津村がしていたライトグレーのマフラーだ。カシミアだろうか、柔らかで肌触りがとてもいい。ふわりと首に温かさを感じた。

「でも嘉津村さんは……」

「俺は別に寒くないから、しとけ」

「あ……ありがとうございます。すごく暖かいです」

自然と笑みがこぼれた。距離感を意識し、いつも緊張していたのが嘘《うそ》のように、嘉津村の好意を受けとめられた。そんな自分がまた嬉しかった。

「近くなんですか？」

「歩いて五分くらいだな。ちょっと離れるが、大丈夫か？」

「はい」

「ビストロってのかな。気取ったところじゃないし、美味いんだ」

「楽しみです」

「あ、もちろん柘植フードサービスの店じゃないぞ」

冗談めかす嘉津村につられて、志緒は屈託なく笑った。

こんな気分になったのは久しぶりだった。

「そういえば……」

ふと思いだしたといった様子で嘉津村は志緒の顔を見た。

「はい？」

「あの店なんだが……みんななんて呼んでるんだ？　店名がないだろ？」

「ええと、だいたいみなさん『店』って言ってますけど、たぶん〈柘植〉でいいんじゃないですか？　ドアのところにプレートもかかってるし」

「あれは表札だろ？」

「そう見えるように、わざとそれっぽくしてるって言ってましたよ。ほら、ビルの出入り口はフリーでしょ？　間違って無関係の人が入ってきたりしないように、って、考えたみたいです」

せっかくレトロな外観なのに、エントランスに暗証キーなどを設置するのは無粋だ、というのが柘植の意見だ。そんなものかと志緒は思うが、オーナーの意向に異を唱えるつもりはなかった。

たまに無関係の人間が入ってきてしまうこともあるが、新聞や宗教の勧誘らしく、居留守を使っていれば問題はなかった。客は勝手に入ってくるので、志緒が来客に対して内からドアを開けることはないのだ。

他愛もない話をしながら夜道を歩いていく。

浮き立つ気分とマフラーのおかげで、寒さは少しも感じなかった。

「あ、そうだ」

長い脚で颯爽《さっそう》と歩いていた嘉津村が、いきなりぴたりと立ち止まった。半歩先へ出てしまった志緒が振り返ると、切れ長の目でまじまじと見つめられた。

たじろいでしまう。薄暗がりだからなんとか耐えているが、明るい場所だったら逃げ腰になっていたかもしれない。

「シュラフで寝てるって言ってたな」

「は？　あ、はい」

「よし。ちょっとメシの時間遅らせるぞ。まず寝具だ」

「えっ、いやあの……っ」

「うちに余ってんのがあるんだよ。香典返しかなんかでもらった毛布とか羽布団とか。あと客が来たとき使ってたエアベッドな。空気入れるやつもまだ使えるだろ」

最後のほうはほとんど独り言のようになっていた。嘉津村は志緒の返事も聞かないまま、当たり前のように肩を抱いて方向転換をした。

触れられた肩に意識が向かってしまう。勝手に顔が赤くなりそうになるのを、下を向くことでごまかした。

「あ、あのっ……いただけませんから！」

「使ってないのを押しつけるだけだぞ。布施さんが服持ってくるのと一緒だろ」

「でも、エアベッドはお客さんが来たときにいるじゃないですか」

「もう来ないからいいんだよ。大学んときの話だって。終電逃したやつがときどき転がりこんできてたんだが、さすがにもうそういうこともないしな。むしろベッドがまだ使えるかってほうが心配だな」

四年は使っていないのだと呟き、嘉津村はぽんぽんと志緒の肩を叩いた。

ようやく肩から手が離れていって、強《こわ》ばっていた身体から力が抜けた。だが安堵《あんど》と同時に、離れた手を惜しむ気持ちが生まれ、そんな自分に戸惑いを覚えた。

目的の場所は歩いて五分程度の場所にある、中規模のデザイナーズマンションだった。

「ご……ご自宅ですか？」

「じゃなかったら、なんなんだ？」

「仕事場、とか」

笑いながら問われたので、志緒は素直に答えた。

「そんな大層なもんはないな。むしろ最近はカフェとかコーヒーショップが仕事場化してるよ」

連れられるままにマンションに立ち入り、高級そうな作りに感心した。柘植のビルはあえてレトロな雰囲気を作りだしていたが、こちらはいかにも新しく、デザイナーズマンションらしく作りが凝っている。

連れていかれた部屋は最上階にあり、予想外に部屋数がありそうだった。

「ここが納戸代わりの部屋なんだ。悪いんだが一緒に探してくれ」

納戸扱いされている部屋は六畳ほどで、雑然とものが積みあげられている。大小様々な箱がいくつもあるが、なかには包装紙が解かれていないものもあった。

寝具を探しながら、志緒は気になったことを尋ねてみた。

「ここって広い……ですよね？」

「４ＬＤＫだからな」

「お一人でここに？」

「ああ。失敗だったよな。部屋はこんなにいらないってことに、買って……ってより住んでから気づいたんだよ」

「え……あれ？　ここ買ったのって、大学生のときなんですか？」

さっきの言葉から推測するとそうなるから、驚きつつも確かめると、嘉津村は溜め息をつきながら頷いた。

「二十二のときにな。作家デビューしてちょっとたって、多少は金が入るようになったあたりだよ。勢いっていうか……まぁ、ちょっと舞い上がってたんだろうな。ろくに検討もしないで、ぽーんと買っちまってさ」

「うーん……」

「１ＬＤＫで充分だった。せいぜいもう一部屋だな」

「掃除とか大変そうですもんね」

「それは業者を入れてる。自分でやってたら、とっくにゴミ屋敷だな」

「えー」

嘉津村からは想像できない単語に、志緒は不満の声を上げる。嘉津村のイメージからすれば、塵《ちり》一つ落ちていないモダンな部屋で、ゆったりと寛《くつろ》ぐのが似合いそうだ。

「お、あったぞ」

折りたたみ自転車の下からブルーのエアベッドを発見し、嘉津村はすぐさま使用可能かどうかを確認し始めた。

とりあえずカビ臭くはないし、ベッドも電動のポンプも壊れてはいないようだ。

「よし、あとはシーツと上にかけるもんだな」

「ええと、これですよね」

大きめの箱の側面に、フラットシーツという文字を見つけた。その下にはタオルケット、綿毛布、布団カバーなどと書かれた箱がある。箱はうっすらと埃《ほこり》をかぶっているし、重ね方もいかにもぞんざいだ。確かにきちんと整理整頓《せいとん》をする人ではないらしい。

「この部屋は掃除してもらわないんですか？」

「物置だし、ここを掃除しろとか言われても困るだろ、たぶん」

掃除以前だと言いきる嘉津村は、さっさと箱を開けて中身を確認した。いずれも名の知れた寝具メーカーのものだった。

「なかはきれいだな」

「本当にいいんですか？」

「ここまで来てまだ言うか。ほら、車で運ぶから、箱から出せ」

寝具関係と思われる箱をすべて開け、嘉津村は中身を出していく。戸惑いながらも志緒はそれに倣った。

さらに羽毛布団が入ったケースを見つけ、タオル類ももらうこととなった。なるべく小さく畳んでみたが、結構な量だ。確かに車でなくては無理だろう。

嘉津村の車はＲＶ車で、荷物は楽に積みこめたものの、部屋と車を二人で二往復しなければならなかった。

「行くぞ」

助手席のドアを開けられ、志緒は恐縮しながら乗りこんだ。思えば車に乗るのも久しぶりだった。

「なんか、不思議な気持ちです」

「うん？」

「だって俺、辰村先生の車に乗ってるんですよ？　家まで入れてもらっちゃったし」

しかもこれから二人で食事をする。ほんの少し前までは想像もしていなかった事態だ。

「テレビに出てるような連中と毎日会ってるだろ？　あそこの客って、名の通った人間が多いよな。それでいて誰でも知ってる、っていう人間はいない」

「そういう人は注目度も高いからいやなんだと思います。オーナーは店を秘密にしておきたいみたいだから、マスコミに追いかけられてたり、どこにいても情報が駆けめぐっちゃうような人は除外してるんじゃないかと」

「ああ……」

「あと、たぶん見た目もあると思います。柘植さんの趣味っていうか」

「なるほどね」

納得して嘉津村は車を出した。歩いても行ける距離だから、柘植ビルまでは五分強で着いた。この時間の店にはまだ誰もおらず、二人で荷物を倉庫部屋に運びこんだ。

「俺の物置と似たようなもんだな」

「えー、こっちはちゃんと片付けてますけど」

少なくともなにがどこにあるのかはきちんとわかるようになっているし、埃だってかぶっていない。志緒がやっているのだから、同じにされるのは心外だ。

わずかな不満が顔に出たのか、嘉津村がくすりと笑みをこぼした。

「そういうふうに、感情はあけすけのほうがいいな」

「え？」

「好みの問題。ちょっと喉渇いたな。なにかもらうぞ」

さらりと頭を撫《な》でて、嘉津村は店へ行ってしまう。固まっている志緒のことなど気にもしていなかった。

「嘉津村さん……」

髪に触れてみたり、肩を抱いてみたり、好みの問題などと口走ってみたり。嘉津村のなにげない言動に、志緒はいちいち心を乱され、翻弄《ほんろう》されてしまう。

意味なんてないはずなのに。嘉津村はただスキンシップが好きな人で、好み云々《うんぬん》だって、無表情よりいいという意味に過ぎないはずなのに。

「懲りないなぁ……」

苦い笑みが自然とこぼれる。

痛い目を見たはずなのに、ちょっと思わせぶりな言動をされただけでときめいてしまうなんて、まったく進歩がない。

足下に置かれた寝具を見つめ、小さく溜め息をついた。

嘉津村は同情してくれているのだ。肉親から縁を切られ、不自由な生活をしていると思って、優しくしてくれているだけだ。店に来るほかの客と同じで、ただマスコットみたいに可愛がってくれているに過ぎない。

何度も自分に言い聞かせて顔を上げた。

心地いいこの時間を失いたくないから、志緒は態度を取り繕う。暗にありのままがいいと言ってくれた嘉津村は気に入らないだろうが、志緒にはどうしても必要なことだった。

たまには外で飲みませんか。

そんなふうに誘ってきたのは柘植で、嘉津村はその電話を受けたとき、とうとう来たかと気を引き締めた。いずれ来るだろうと思っていたから驚きはなかった。

柘植の目的はわかっている。志緒のことを話したいから、別の場所であることが必要なのだ。

初めて食事に誘った日から、もう何度も志緒を連れだしている。夕食のときもあったし昼間のときもあった。映画の鑑賞券をもらったといって付きあわせたこともある。いずれも志緒に負担をかけたくなかったから、食事は安いところばかりだった。払わせれば金銭的な負担になるし、奢れば今度は精神的な負担となってしまうからだ。

志緒はよく笑顔を見せてくれるようになっていた。意識しているわけではないようで、ようやく緊張が解けたか、警戒されなくなったか、というところだろう。いずれにしてもいい傾向だ。

指定された店に入り、カウンターに座る。ここは以前よく来ていたところで、柘植と何度も顔をあわせた。嘉津村ほどあの特殊な店に入りびたらない柘植は、姿を見せない日にはここに来ていたのだろうか。

注文した酒が目の前に置かれた頃、隣の席に柘植がやってきた。

「申しわけありません。お待たせしてしまいましたね」

「いや、ちょっと前に来たところですよ」

すぐにでも切りだすかと思ったが、柘植はまず酒を注文した。そして柘植の前にグラスを置くと、バーテンダーは心得た様子で少し離れていく。

「相変わらず気が利く。やはりここはいいですね」

「それで、お話とは？」

わかっていても、とりあえずそう切りだすのが得策だ。柘植のほうでも、嘉津村の意図などわかりきっていることだろう。

穏和そうでいて冷たいところもある目が、嘉津村を捕らえてわずかに細められる。そこに悪感情はないような気がした。

「最近よく志緒と会っているそうで」

「志緒から聞いたんですか？」

「聞いたというよりは、聞きだしたという感じですかね」

穏やかな物腰ながら、どこか逆らいがたい雰囲気がある柘植だ。まして恩を感じている志緒は、問われれば答えるしかないだろう。そもそも疚しいことなどないわけだから、嘘をついたり隠したりする必要もない。

嘉津村にしてもそうで、健全な付きあいだと堂々と言える。ただし下心があることも否定できないし、おそらく柘植はそのことにも気づいている。

「どういうおつもりか、お尋ねしようと思いましてね」

「理由が必要ですか」

「当然でしょう。軽い気持ちで手を出されては困りますから」

「軽く見えるんですか？」

「どうですかね。とりあえず、非常に慎重だとは思います。その理由が僕にはよくわからないんですけどね。そういう質《たち》なのか、及び腰だからなのか」

カラカラと氷を鳴らしながら、柘植は探るように嘉津村を見る。わからないと言いながらも、彼の目は正しく嘉津村の姿勢を見きわめているように感じた。

小細工は無駄だろう。ならば開き直るまでだ。

「及び腰だから、ですよ。男に惚れたのは初めてなんで、どう口説いたらいいもんか、わからないんです」

「わからないんじゃなくて、踏みこんで行けないんじゃないですか？」

「そうかもしれない」

なにしろずっと女性だけを恋愛あるいは性的な対象にしてきた嘉津村だから、同性愛への抵抗感というのはなかなか捨てきれない。かといって諦めることもできずに、志緒と過ごす時間を楽しんできたのだ。

最初は気の迷いか一時の衝動ではないかと思っていた。だが何度も会っても気持ちは変わらず、むしろ日に日に強くなっていくばかりだ。

「自分の気持ちには腹をくくったんですけどね、今度は嫌われたら……っていうのが強くなってきちまって」

相変わらず滅多に視線をあわせてはくれないが、笑顔ならばよく見せてくれるようになった。それを失いたくないと思うのは、ごく自然なことだろう。

「嘉津村さんは、同性の方とお付きあいしたことはないんですね」

「柘植さんはあるんですか？」

「ええ。僕はそのあたりのこだわりがないもので」

さらりと告げられた言葉に嘉津村は考えこんでしまう。

志緒は柘植との関係を否定した。そこに嘘はなかったように思えるが、柘植の態度や言葉を考えると、疑念はふたたび胸の内に広がっていく。

「柘植さんは、志緒くんに手を出すつもりはないんですか」

「先ほども申しあげたように、あの子は気軽に手を出せる相手ではなくてね。僕のような男には無理なんです」

「どういう意味に取ったら……？」

「あの子は、ちゃんと好きな相手と付きあいたいんですよ。自分が好きで、相手も自分だけを好きだと言ってくれて……ね。僕は一対一の本気の付きあいは無理なので」

既婚者のセリフとは思えないが、他人の事情なので流してしまう。それよりも志緒の恋愛に対する姿勢のほうが嘉津村にとっては重要だ。そしてなによりも、同性が恋愛対象になるか、という点が問

題だった。

「本気だとしても、嘉津村さんには難しいんじゃないですかね」

「なぜですか」

「それは嘉津村さんの性的嗜好がノーマルだからですよ。男を抱いたことはないんでしょう？　あの子が抱けますか？　顔はあの通りきれいですが、身体は女性と違いますよ」

「男だってことはわかってますよ」

「認識しているのと、拒否反応が出るか否かは違うんですよ。中途半端なことは、あの子を傷つけるだけです」

「まいったな。まるで身内の人と話してるみたいだ」

あえてはっきりとは言わなかったが、意中の相手の父親と対峙《たいじ》しているような気分になっていた。

志緒の話だと、妻の鏡子に頼まれて預かったということだったが、それだけではない思い入れを感じた。

「身内のつもりですからね。あの子が頼れるのは僕だけでしょう。妻は実家の顔色を窺わないといけない立場ですので、表立って助けることはできない」

「だから、あんなふうに自分のもののように振る舞うんですか」

「そう見えましたか？」

「はっきり言って。だから誤解されるんですよ。店の客たちは、志緒くんが柘植さんに囲われてるんだと思ってますよ」

「らしいですね。ま、囲っているというのは間違いでもないですし、ちょっかいを出されずにすむので、誤解を解く気はありませんよ。いまのところは恋愛感情もないんですが、この先はわかりませんしね」

「簡単に手を出せる相手じゃないって、言いませんでしたか」

「僕の気持ちもそうですけど、志緒の気持ちがどう転ぶか予想はできませんから」

挑発されているのか、あるいは余裕であしらわれているのか、いずれにしても嘉津村を不快にさせたことは間違いなかった。

「俺は悪い虫ですか」

「覚悟がおありなら止めませんよ。選ぶのは志緒です。もちろん会うなとも言いませんし、口説きたいなら口説けばいい。ただし、ご自分の気持ちをよく見きわめてからにしてくださいね」

「いいんですか？」

「ここのところ志緒の表情が明るくなりましたからね。ずいぶんと楽しそうですよ。いい影響を与えてくださっているようだ。ああ、ただし無理強いは問題外ですよ。まぁ心配する必要もないでしょうが」

言外にできないだろうと言われているようで、嘉津村は眉《まゆ》をひそめた。

「今日はこれから店へ行かれますか？　もし行かれるようでしたら、持っていっていただきたいものがあるんです」

「柘植さんは行かないんですか」

「今日は約束がね。そのまま外泊です」

言外に恋人、あるいは愛人の存在を匂《にお》わせ、柘植は嘉津村の答えを待った。

グラスの中身を煽《あお》り、嘉津村はなに食わぬ顔をする。

「いいですよ。なんですか」

「もらいものなんですが、皆さんで召し上がっていただいたほうがいいと思うので。あ、僕からじゃなくて、嘉津村さんが買ったかもらったか、っていうことにしてくださいね。今日会ったことはご内密に」

渡された紙袋は有名なショコラティエのもので、詰め合わせらしき箱がなかに入っている。嘉津村ももらったことがあるが、結構な値がするはずだ。

「お預かりします」

嘉津村はすぐに支払いをすませて店を出た。タクシーを使って〈柘植〉へ行くと、すでになかには五人の客がいた。いずれも顔なじみとなった者たちだ。

料理研究家の犬坂にデザイナーの布施、テレビにもたまに出る女医に元プロ野球選手、そして有名な華道家だ。感心するほどバラエティーに富んでいるが、ここはいつもそうだった。柘植が選んでいるのか、たまたまなのか、会社員や公務員が一人もいないのだ。

「こんばんは、嘉津村さん」

「あれ、今日は遅かったじゃん。とっくに犬坂くんの料理なくなっちゃったよ。骨しか残ってないよ、スペアリブ」

布施はわざわざ骨を持って嘉津村に見せびらかした。

「ちょっと用事があったんだよ。あ、これ。もらいもんで悪いけど」

嘘は一つも言わずにぼやかして、紙袋を置くと、女医――支倉真由子《はせくらまゆこ》が嬉しそうにラッピングを解《ほど》いた。

「わぁ、きれーい。ほら見て見て、しーちゃん。どれ食べたい？」

四十近いはずの真由子は実年齢よりは若く見える美人だが、テレビで見かけるときとは違い、かなり気を抜いた格好をしている。メイクも手抜きだし、ヘアスタイルも後ろで一つで纏《まと》めただけ。服装もジーンズにニットという、完全な休日スタイルだ。ここへは息抜きに来るのだから武装はしない、というのが彼女の主張らしい。

その彼女は志緒が大のお気に入りで、来ればなにかとかまっている。志緒のほうもまんざらではないようで、突かれたりからかわれたりしながらもどこか嬉しそうだ。

あれを見ていると、やはり迷いが生じる。志緒は嘉津村にも屈託のない笑顔を見せるし、好意に満ちた視線を送ってくるから、脈があるのではと思いがちだが、やはり恋愛対象は女性しかありえないのでは、と思えてしまうのだ。

チョコレートを覗きこんでいる二人を視界に入れながら、嘉津村はカウンターに近づき、自分のボトルとグラス、そして氷を用意した。基本的にここはセルフサービスだ。頼めば志緒がやってくれるが、嘉津村は彼を店員扱いする気はないので、一度も頼んだことはなかった。

カウンチには今日は誰もおらず、華道家と元プロ野球選手が小上がりに、残りはソファ席にいたので、嘉津村もそちらに加わった。

「シャンパンあったっけ？」

「ありますよ。なにがいいですか？」

「ああ、いいわ。自分で選ぶから」

真由子はワインセラーまで行き、熱心にシャンパンを選び始めた。ここはすべてが柘植の趣味で固められていると言ってもいい場所なので、品揃《ぞろ》えにもそれが反映されている。高級な酒が無造作に置いてあるし、日本酒のために小上がりがあるくらい、様々な点において徹底しているのだ。

「俺も見に行くっ」

布施は女医を追ってワインセラーに駆けよっていった。酒が入ると言動が若年化する彼だが、実際は嘉津村より十歳ばかり上だ。もちろん普段はちゃんとしている。

「真由ちゃんセンセー、もうそろそろ帰るとか言ってたじゃん」

「うるさいわね。気が変わったの！」

「とか言って、嘉津村くん来たからじゃないのー？　ダメだよ、センセ。嘉津村くんは若すぎるって」

「なにバカなこと言ってるのよ」

姿は見えないが、二人はぎゃあぎゃあと言いあいをしている。いつもそうだ。この二人が揃うと店はにぎやかになり、しっとりとした雰囲気はなくなる。

「あれか？　布施さんは、彼女に気があるのか？」

小声で尋ねると、志緒も隣の犬坂も大きく頷いた。

「でも相手にしてもらえないいんだよ。それで、ますますあんな小学生みたいなアプローチになっちゃうわけ。ま、見てる分にはおもしろくていいいんだけど」

「応援してやらないのか？」

「真由子先生から、釘刺《くぎ》されちゃったからね。怖いからなぁ、あの人」

まんざら冗談でもなさそうに犬坂は肩をすくめるが、志緒はきょとんとした顔をした。異なる認識を持っているようだ。

じっと見つめていると、視線に気づいたのか志緒と目があった。

「先に食っていいんじゃないか？　まだ時間かかりそうだぞ」

「それじゃいただきます」

志緒は嬉しそうに手を伸ばす。何度も食事をしているので、彼が甘いもの好きだということはわかっていた。

「俺も一つもらおーっと」

犬坂も手を伸ばし、口に入れて満足そうな顔をした。志緒と二人で感想を言いあっているのを、嘉津村は一歩引いて眺めていた。

ようやく戻ってきた真由子と布施は、相変わらずにぎやかに言葉を投げあいながら、チョコレートでシャンパンを飲み始め、小上がりにいた二人も、とうとうグラスを持って移動してきた。

「そういえば、ここは女性客が少ないですよね」

「そうなんだよ！」

思いつくまま呟くと、思いがけず布施が大きく頷いて同意した。

「口が堅くて好みな人があんまりいないってことじゃない？　わたしを入れて、確か三人しかいないのよ」

「華が少なーい」

「あるでしょ、ここに。二つ！」

真由子は志緒の腕に自分のそれを絡め、文句を言う布施を軽く睨んだ。

「可愛いけど、しーちゃん男の子だしー。美人だけど、センセー若くないしー」

「贅沢《ぜいたく》言ってんじゃないわよ。しーちゃんは目の保養になるでしょ」

「なるけどぉ……」

「見てるだけなら、男でも女でもいいじゃない。きれいなんだから。ね？」

同意を求められても志緒は返事のしようがないのか、曖昧《あいまい》に笑みを浮かべている。その表情があまりにも痛々しく見え、嘉津村は目が離せなくなった。

「真由子さんも布施さんも、今日はこのへんにしておいたほうがいいですよ。かなり酔ってるじゃないですか。そろそろお開きにしましょうよ」

華道家・弓岡《ゆみおか》の口調はやんわりとしたものだったが、なぜかを逆らいがたい力があり、酔っぱらい二人は素直に従った。

四十も半ばだという彼は、嘉津村と目があうと微苦笑を浮かべ、ちらりと志緒を見た。

彼も志緒の様子に気づいたらしい。

「もうこんな時間か。俺もそろそろ」

明日は早いのだとぼやきながら犬坂も立ちあがった。

お開きの流れに逆らうことなく、嘉津村も帰り支度を始める。閉店時間がないわけだから、なにも全員で帰ることもないのだが、こういうことはよくあった。

「じゃあね、しーちゃん」

「はい。おやすみなさい」

ぞろぞろと出ていく客たちの一番最後になるように立ち位置を調整し、嘉津村は見送る志緒を振り返った。

「待っててくれるか。すぐに戻ってくる」

「え……？」

ほかの人間に聞こえないような小声で囁《ささや》き、目を瞠る志緒に笑みを向けてから、皆に続いて店を出た。店の前からそれぞれがタクシーを拾うが、歩いて帰れる距離の嘉津村は酔っぱらいをタクシーに押しこめるのを手伝ったりしてそこに残っていた。

最後に残ったのは犬坂だった。

「いいなぁ、近くて」

「二十分はかかるけどな。ま、酔い覚ましにはちょうどいいよ」

「俺は車で二十分ですよ。じゃ、おやすみなさい」

「気をつけて」

走り去るタクシーはたちまち角を曲がって見えなくなった。

嘉津村はビルに戻り、しんと静まりかえった階段と廊下をゆっくりと歩いていく。

覚悟はもう決めていた。柘植が今日は戻らないといったのは、煮え切らない嘉津村を揶揄するための挑発だったのだろう。ならばそれに乗ってやるまでだ。

店に入っていくと、片付けをしながら待っていた志緒はじっと嘉津村を見つめた。

「話がある」

「どうしたんですか、あらたまって」

手を引いてソファに促し、隣あって座った。

志緒はひどくうろたえていて、視線も落ち着かないし、わずかにだが腰が引けている。怖がっているわけではないようだが、警戒しているのは確からしい。離さずにいる手も気になって仕方ない様子だ。

伏し目がちの顔を見つめていたら、用意していた言葉はすべて吹き飛んだ。残ったのはひどくシンプルな言葉ばかりになった。

「好きだ」

はっきりと告げると、息を呑む気配がした。弾かれたように顔を上げ、戸惑いを含んだ目が真偽を確かめようとでもいうように嘉津村を見つめる。

「俺は君のことが、恋愛感情って意味で好きなんだ。たぶん一目惚れだった」

「……俺、男……ですよ？」

「わかってる」

「いいえ、きっとわかってないです。見てるだけなら大丈夫でも、実際に触ったりすれば、いちいち女の人と違いを感じるはずです」

まるで睨むようにして、志緒はきっぱりと断言した。声を荒げているわけでもないのに、強い拒絶を感じる。

そして彼が言ったことは、柘植の言葉と同じ意味を持っていた。

「嘉津村さんは、ゲイでもバイでもないでしょう？」

「……確かに、対象はずっと女だった」

「だったら勘違いしてるだけです。いま言ったことは忘れてください。俺も忘れますから」

「いやだ」

逃げるように視線が外されるのが耐えられず、嘉津村は両手で志緒の小さな顔を挟み、自分へと向けさせた。

「間違ってたら、すまない。前にもこういうことがあったんじゃないか？」

「……ありました」

「そのときは、相手の勘違いだったのか？　それとも君が違ったのか？」

「相手の人が」

「そうか……」

ならば慎重になるのも臆病《おくびょう》になるのも無理はない。中途半端では傷つけるといった柘植の言葉にも納得だ。だが嘉津村は自分の気持ちを見誤っていないという自信があるし、簡単に告白したわけでもない。それはどうしても知って欲しかった。

「俺は勘違いじゃない。開き直るまで結構考えたし、慎重にもなってた。その上で、一人でここに戻ってきたんだ。軽い気持ちじゃないってことはわかってくれ」

「……はい」

「もう一つ確かめさせてくれ。俺のことをどう思ってる？　嫌いか？　恋愛対象として、考えられないか？」

まっすぐに目を見て問いかけると、少し迷って志緒はかぶりを振った。目もとが少し赤いのは、言葉での拒絶とは裏腹に嘉津村を強く意識し、なおかつ感情はプラスに向いているということだろう。

志緒の言葉から判断できるのは、彼が問題としているのは、嘉津村がゲイでもバイでもないという点だ。もし嘉津村がそうならば、もっと前向きな言葉が聞けたのではないだろうか。

「言ってくれ」

「……嘉津村さんは特別、です。それしか言えないです」

「そうか」

いまにも泣きそうな顔に見えたが、実際に志緒が泣くことはなかった。ただひどくつらそうだった。

可哀想《かわいそう》になって手を離したものの、すぐに立ち去る気にはなれなかった。

「少し飲み直してもいいか？」

「俺のことは気にしないでいいですから」

店の性格上はそうだろうが一応断りを入れ、嘉津村は飲み直す用意を始めた。

志緒はじっとしたまま、その場から動こうとしなかった。


今日で四日目だ。頭のなかで日にちを数え、志緒は大きな溜め息をついた。

何時間も前から起きていたのだが、なにもする気が起きずにベッドのなかでごろごろしていたのだ。昼近くなってようやく起きあがり、ベッドから空気を抜いて倉庫にしまった。

すっかり慣れた作業だ。電動ポンプのおかげであっというまにベッドは膨らむし、空気を抜くときにもさほど時間はかからない。寝具をもらったおかげで寒くないし、生活はさらに充実した。

ただしここ数日は、溜め息ばかりついている。覇気がないねと、何人もの客に言われてしまった。こんなことではいけない。

「卒論出したあとでよかった……」

呟いたついでにまた溜め息が出た。

せつなげだ、悩ましい、などと言ったのは南だったか。そして弓岡からは、原因は嘉津村かと小声で尋ねられた。あの人はなにかと鋭いと言うか、機微に聡《さと》くて、ときどき心臓を鷲《わし》づかみにされた気分になる。

とりあえず水を飲んで喉の渇きを癒《いや》し、ソファに座ってぼんやりとした。やはりなにもする気になれない。掃除は毎日しているから、一日くらいさぼってもいいだろうか。

「どうしたんだろ。なんで急に……」

思わずぽつんと呟いていた。

あれだけ毎日のように来ていたのに、三日前から急に嘉津村は姿を見せなくなってしまった。こんなことは彼が来るようになって以来初めてだ。

告白された夜はずいぶんと長くここで飲んでいて、志緒も同じペースで付きあった。会話はほとんどなかったし、多少のぎこちなさはあったが、終わるのが惜しいと思うくらいに心地いい時間だった。そして気がついたら朝で、志緒はちゃんとベッドで眠っていた。嘉津村がわざわざベッドを運んで用意して、ついでに志緒も運んでくれたのだ。

そのことを知ったときには愕然《がくぜん》とした。なんで眠ってしまえたんだろうかと恥ずかしくなった。置き手紙には、まるで言い訳するように、なにもしていないから、と書いてあった。

初めて見る嘉津村の字は、想像していたよりも汚くて、つい笑ってしまった。内容が伝わらないほどひどい字ではなかったが、乱暴と言うべきかダイナミックと言うべきか、とにかく大きくて力強かった。

手帳をちぎったそのメモを、志緒は捨てずに取ってある。

好きだと言われて嬉しかった。床に足が着かないんじゃないかと思うほど、本当は舞い上がっていたのだ。だが一方で冷静になれと囁く声も聞こえた。同じ思いをして傷つくのはいやだと身がまえる自分がいた。

「虫がよすぎるのかな……」

あの翌日も嘉津村は普通に来てくれたから、すっかり安心していた。なんとなく気まずくて、ほとんど言葉は交わしていないし、目もあまりあわせていないが、店ではもともと近くに座ることもなかったし、話しこんだりもしていなかったから、ほとんどの客たちは不自然さに気づいていなかったようだ。

そうして三日ほど普通に来てくれたあと、ぱったりと来なくなってしまったのだ。

志緒の態度に呆れてしまったのだろうか。嘉津村は真摯《しんし》な態度で告白したというのに、志緒は曖昧な言葉で逃げてしまった。明確な拒絶すらしていない。

どう考えても悪いのは志緒だ。かといって自分から連絡もできない。わざわざアクションを起こしておいて、返事もできないのでは不誠実すぎる。

頭を抱えて唸《うな》っていると、入り口のほうから物音が聞こえた。

木製のドアは向こうが見えない。期待と不安がないまぜになって、志緒はドアを見つめたままぎゅっと両手を握りしめた。

だがドアが開いた瞬間に、全身から力が抜けた。

「オーナー」

ふらりと姿を見せた柘植は、手に小さな紙の箱を持っていた。

「志緒。もうランチはすませたかい？」

「いえ、まだですけど」

「よかった。これ、一緒に食べよう」

「コーヒーとお茶、どっちが？」

「サンドイッチなんだ。コーヒーで頼むよ」

「はい」

立ったついでに顔を洗い、キッチンに立って買い置きの豆をミルで挽《ひ》き、二人分のコーヒーをいれた。柘植がこだわるので、ここではいつもコーヒーはこのいれ方だ。

ソファ席で向かいあって、志緒にとっては遅めのブランチを取った。

「珍しいですね、こんな時間に」

「ちょっと君に話があってね。卒論も終わったようだし、そろそろいいかと思って」

「はい？」

「就職のことだよ。卒業したら、うちに入らないか？　ああ、この店のことじゃないよ。柘植フードサービスに、だ。現場ではなく本社に来て欲しいと思ってるんだけど」

「え……」

思ってもみなかった話に、ぴたりと手が止まってしまう。以前嘉津村にも言われたし、いずれアルバイトを頼もうと思っていた。卒業後は系列店で働き続けることも可能だろうかとも考えていた。だが本社への就職は、まったく想像していなかった。

「少し考えてみてくれるかい？」

「は、はい」

「ところで、さっきまで寝てたの？　顔洗ってたけど」

「ええ、まぁ」

「ふて寝、かな」

くすりと笑う顔は、まるでなんでもお見通しだと言わんばかりだ。この人はどこまで知っているのだろうかと怖くなった。

「原因は嘉津村さん、だろう？」

「な、なんで……」

「この数ヵ月で、君が心を動かしたのは嘉津村さんだけだからね。心配しなくても、ここ何日か来なかったのは、外へ出してもらえなかったせいらしいよ」

「だ……出してもらえなかったって……」

ずいぶんと穏やかな話じゃない。だが嘉津村が作家だという事実を思いだし、少しだけ納得した。

「エッセイ本が出るらしいんだけど、ギリギリまで作業を放《ほう》っておいたらしいんだ。そこに予定されていた対談が重なって、昨日まで詰めていたそうだよ」

「……嘉津村さんと話したんですか？」

「電話でね。ちょっと用事があったものだから」

きっと仕事の依頼だろう。あのときは保留だと聞いたが、やる気になったのかもしれない。

「安心した？」

「そんな、別に……」

「少し妬《や》けるな」

「え？」

「君は僕のものだと思っていたんだけど……」

言葉の意味も、浮かべた笑みの意図も理解できなくて、志緒はひたすら困惑した。

今日の柘植はなぜか少し怖い。こんなふうに感じたのは、知りあってから初めてのことだ。以前から雇用主の夫として、何度か顔を合わせていたし、夏の終わり頃からはその機会も格段に増えたが、いつでも柘植の物腰は柔らかく穏やかで、優しかった。いや、物腰自体はいつもと変わらない。だが目の表情だとか、ちょっとした間の取り方が確実にいつもとは違っている。

「おいで、志緒」

手のひらを差しだされ、従わないわけにはいかなくなる。柘植にはいくら感謝してもしきれないほど世話になっていて、彼なしではいまの志緒は明日の生活もままならない。

「あっ」

呼ばれるままに隣へ移動すると、手をつかんで引き寄せられた。倒れこんだ耳もとで、艶のある声が囁いた。

「脱いで」

「な……」

「それとも僕が脱がそうか？」

さらりと頬《ほお》を撫でられ、志緒はびくりと身をすくめる。

「なに言ってるんですか？」

「言葉通りだよ。裸になりなさい」

「いきなりなに言いだすんですか……！」

「君にとってはそうでも、僕にとっては予定されていたことだよ。いい子で僕に抱かれなさい」

柘植がバイセクシャルであることは知っていたが、志緒には興味がないのだと思っていた。当たり前のようにそう思えるほど、柘植の態度は普通だった。

怯《おび》えの色は隠しようもないし、裏切られたという気持ちもある。心から信頼し、慕っている人だ。ショックで手が震えた。

「志緒。言う通りにしなさい」

少し強く言われて、志緒は自らの服に手をかける。

逆らうには恩がありすぎたし、激しく拒絶するほどの理由もなかった。嘉津村の顔が脳裏をよぎったが、すぐに打ち消した。

あのときちゃんと返事をしていたら、毅然《きぜん》とした態度で拒絶できただろう。

だがどうせ自分の身体なんか大層に守るほどのものでもない。思えばそれくらいしか柘植に返せるものもない。これまで与えてもらう一方で、志緒はなに一つ返せていないのだから。

裏切られたなんて思うのは、志緒の勝手な気持ちだ。最初から下心があろうと、途中で気が変わろうと、柘植が志緒に様々なものを与えくれたことには違いないのだ。

それに就職の話のすぐあとで言いだしたということは、これからの行為が引き替えだということなのかもしれない。

「どうしてか、訊いてもいいですか」

「理由？　そうだなぁ……まぁ、他人に取られるのが悔しいというところかな。僕がバイセクシャルなのは知ってるだろう？　君はきれいだし、性格も気に入ってる。それだけじゃ理由にならないかな」

「……いいえ」

見つめられながら服を脱ぐのはたまらなく恥ずかしいことだったが、志緒は目を閉じて上半身を脱ぎ、ボトムにも手をかけた。パジャマなんてものはないから、眠るときも部屋着だったし、今日は起きてからそのままだ。ウエストは紐《ひも》で縛るだけの簡単なもので、すぐに下ろせる状態になってしまう。

「下着もだよ」

羞恥《しゅうち》に耐えながらすべてを脱ぎ捨てると、柘植は宥《なだ》めるように髪を撫でてきた。

「志緒は身体もきれいなんだね」

褒められても少しも嬉しくなかった。怯えと緊張とで身を硬くし、何度撫でられても身体から力が抜けることはなかった。

「一つ確かめておこうかな。嘉津村くんのことが好き？」

「…………」

「正直に答えなさい。好きなんだろう？」

重ねて問われ、志緒は小さく頷いた。

「告白された？」

「……はい」

「断ったのかい？」

「返事をちゃんとしませんでした」

いつもと同じ柔らかな声で問われ、自分でも驚くほどすらすらと答えていた。柘植の声には魔法でもこめられているみたいだった。

「どうして」

「たぶん嘉津村さんは、男同士ってことを実感してないんだと思います。服を着て顔だけ見てるなら生々しさは感じないし、男同士っていう気持ち悪さも薄いだろうけど……」

だが身体を見てしまえば、男を抱くなんて無理だということに気づいてしまうかもしれない。もしかすると大丈夫かもしれないが、確かめる勇気はなかった。

プラトニックな関係もありだろうが、嘉津村がそれでいいと言ってくれるかはわからないのだ。

「僕のことはどう思ってるの？」

「オーナーには感謝してます。尊敬もしてます……でも、恋愛感情はありません」

「本当に正直だ。相手の前で裸になって言うことじゃないね」

「すみません」

「かまわないよ」

ソファの背に押しつけられ、首もとに顔を埋《うず》められた。

他人にこんなふうに触れられるのは初めてだった。志緒の身体を見て引いた男は、服を脱いだ段階で無理だと苦笑し、触れもしなかったからだ。

身体はガチガチに硬くなっていたが、くすぐったくてときおり首をすくめた。

このまま柘植に抱かれるのかと覚悟を決めたとき、ふいにドアが開く音がした。

息を呑んで見つめた先に、嘉津村がいた。

「あんた、なにやってんだ……！」

怒鳴り声とともに近づいてきた嘉津村は、ひどく乱暴に柘植を引きはがし、守るように志緒を抱きしめた。

腕のなかは広くて温かだった。男の自分がすっぽりと収まる腕だ。

無意識に志緒は嘉津村にしがみついていた。

「どういうつもりなんですか。このあいだ言ったことは嘘なのか？」

「先のことはわからないと言いましたよ」

頭の上から小さく舌打ちが聞こえて、志緒ははっと我に返る。慌てて腕のなかから出ようとすると、ムッとした顔の嘉津村と目があった。

「だ、だって……気持ち悪いですよね」

「なにが」

「裸の男になんか、抱きつかれたら……。あの、すみません」

「謝らなくていい。そんなこと思ってるわけないだろう」

嘆息のあとで、肩にコートをかけられた。嘉津村のハーフコートは、志緒の身体を隠すには充分だった。

「きれいだ」

びくんと肌が震える。

柘植と同じ言葉なのに、震えそうになるほど歓喜している自分がいた。

「嘘、だ」

「あのなぁ、嘘つく必要がどこにあるんだよ。こんな嘘ついて、おまえを落とすって以外にどんなメリットがあるんだか言ってみろ」

ふたたび強く抱きしめられて志緒はうろたえる。腕から逃げだそうという気持ちはもう起きなかった。短いその一言が、志緒のなかにあった氷の塊をずいぶんと小さくしてくれた気がした。

「正直に言うけどな、かなり欲情してる。触りたいし、身体中全部キスしたい」

「か、嘉津村さ……」

かあっと顔が熱くなる。耳もとで吹きこまれる直接的な欲求は、志緒の心をかき乱し、身体すらどうにかしてしまいそうだ。

期待と恐れは同じくらいに強くて、志緒を一歩も動けなくした。

そんな志緒の耳に、忘れていた人の声が聞こえてきた。

「さてと、それじゃ邪魔者は消えるとしますかね。あとは当人同士でどうぞ」

「……仕組みましたね」

苦笑まじりの嘉津村に対し、柘植はどこまでも涼しい顔だ。それは普段通りの柘植で、さっきまでの怖さはどこにもなかった。

「俺を呼びだしたのは、柘植さんだ。それもわざわざ時間を指定してね。俺をぶつけてきたくらいだから、本気で抱くつもりなんかなかったんですよね？」

「僕の恋愛観は先日お話した通りですからね。非常に好みではあるんですが、志緒は真面目《まじめ》すぎます。それに、妻からくれぐれもと頼まれているんですよ」

にこやかにそう告げ、柘植は店から出ていった。

嘉津村を煽っていたのか、強制的に志緒の裸を見せるつもりだったのか。いずれにしてもあの様子からすると、彼の目論見《もくろみ》は成功したのだろう。

二人きりになると、急に恥ずかしさが襲ってきた。それだけ冷静さが戻ったということだ。その上で自分の姿を考えると、結構とんでもないのだと自覚した。

「あ、あのっ……！　もう放してくれませんか？　服、着ないと」

「いやだ」

「い、いやって……」

「俺と付きあうって言うまで放してやらないってのはどうだ？」

「そんなっ」

身じろぐ程度では、嘉津村の腕はびくともしない。そのうちに困ったような声が耳もとに響いた。

「あー、ちょっとヤバイな」

「はい？」

「勃《た》ちそう」

「な、なに言ってんですか！」

思わず大きな声を出していた。一瞬でいろいろなものが——主に情緒的なものが吹き飛んでしまった気がする。

わたわたと手を動かすと、ようやく嘉津村は離れていってくれた。

「で？」

「な、なんですか」

「返事。裸見てもOKだし、あのまま抱きしめてたら間違いなくヤバイことになってた。それでもだめか？」

「…………」

ここまで言ってくれているのだから、さっさと頷いてしまえばいい。自分だってそう思っているのに、それでも頷くことにはまだ抵抗があった。

「まったく……マジで押し倒すぞ」

言ったそばからソファに志緒を押し倒し、嘉津村は真上から顔を覗きこんだ。

手であわせていただけのコートが開いて、一糸まとわぬ姿がさらされる。

相手が変わっただけで、状況はさっきまでとほとんど一緒だ。だが志緒の気持ちはまったく違っていた。

このまま本当に身を任せてしまおうか。

好きな相手だ。相手も自分を好きだと言ってくれた。そして身体を見てもなお欲情するのだと教えてくれた。

「いいのか？」

「……うん」

志緒は嘉津村をまっすぐに見つめたあと、自らの意思を言葉以外でも示すため、あえてゆっくりと目を閉じた。

目の前に投げだされた身体を、嘉津村は本当にきれいだと思った。

痩《や》せているけれども病的なものではなく、引き締まってすらりとした印象を与える身体だ。女性のような柔らかさはないものの、しなやかで瑞々《みずみず》しさを感じさせる。肌もきれいで、色も白く、体毛もきわめて薄い体質のようだ。手触りがいい。

どう見ても男の身体だというのに、それはこの上もなく嘉津村を欲情させる。

男を抱きたいと思ったことは一度もなかった。それ以前に対象として考えたこともなかったというのに、この青年だけは特別だ。

思えば最初に会ったときからそうだった。やはりどう考えても、あれは一目惚れだったのだろう。きつく閉じられた目に、覚悟が見て取れる。だが身体はガチガチに硬くなっていて、緊張が激しいことも同時に教えている。

好きだと返してもらったわけではない。特別だと言われただけだ。それでも視線や態度から、脈はあると確信している。

「志緒くん……」

甘く囁くと、それだけでぴくりと指先が震えた。

怯えているのがよくわかる。嘉津村に対するものなのか、行為に対するものなのか、あるいは拒絶を示されるかもしれないという可能性が頭から離れないためなのか。できれば最後のそれであって欲しいと思う。

硬くなったままの身体に丁寧にキスをした。感じさせるのが目的なのではなく、嘉津村が男の身体に触れられるのだということを教えるためのキスだ。

言葉では信じられないのなら、行動で示すしかない。

首や肩や、胸や腹にくちづけながら、指先で中心を撫でるようにして触った。するとひときわ大きく身体が震えた。

「怖い？」

「か、嘉津村さんは……いやじゃないんですか……？」

「どうして？　このまま口でしてやりたいくらいなのに」

「な……」

心底驚いたように志緒は目を瞠る。大きな瞳《ひとみ》がまじまじと嘉津村を見つめ、白い肌がカッと朱色に染まった。顔だけでなく、耳まで赤い。

「信じられないか？　こっちだって、舐《な》められるけど」

ゆっくりと指を滑らせて、最奥《さいおう》にそっと触れる。

志緒は息を呑み、とっさに嘉津村の手を押さえた。強い力ではないが、そこから志緒の狼狽《ろうばい》が伝わってきた。

「いやか？」

「俺じゃなくて……っ、嘉津村さんが……そんなこと……」

「だから、俺は触りたいんだって。ここ触られるのは初めてか？」

尋ねると、思っていた通りに志緒は頷いた。初めて肌をあわせようとした男は、志緒の裸を見て拒否したわけだから、当然触りもしなかっただろう。もしかすると胸くらいは触れたかもしれないが、下半身にまでは及ばなかったのだ。

「よかった」

「よ、よかった……？」

「初めて触るのが俺で嬉しいって意味だよ。舐めるのも、なかに入っていいのも、俺だけだからな。いいな？」

「どうして……だって、嘉津村さんはノーマルな人なのに……」

「好きな相手に触りたいってのは、当然のことだろ？　男を抱いたことがないのは、いままで男を好きになったことがなかったってだけの話だ」

詭弁《きべん》だと思いつつも、嘉津村は真剣に言った。たいして好きでもない女は抱いていたのだから、本当はこんな理屈は通らないのだが、口説くためには多少のごまかしは必要だと割りきった。なにしろ最大にして唯一の障害は、どうやら嘉津村が男を抱けるか否か、であるらしいから。

戸惑っている志緒の手をつかみ、そこにくちづけてからソファの上へと戻した。そうして閉じかけていた膝《ひざ》を割り、脚の間に顔を埋めるために口を寄せていく。

するとと思いだしたように志緒はうろたえた声を上げた。

「あ……だめですっ。シャ、シャワー浴びてないんです……！」

「いいよ、別に」

「だめです、だめです。だって嘉津村さんにそんな……っ」

志緒は何度もかぶりを振った。顔は真っ青で、たかだかシャワーを浴びていないことが、とんでもなく恐ろしいことのようだ。

嘉津村は苦笑まじりに嘆息した。志緒は自分自身の価値を著しく低く考え、逆に嘉津村のことは高等な存在だとでも思っているようだ。作家の辰村克己とただの嘉津村巽は、切り離してほしいところなのだが、かなり難しいことらしい。だから洗ってもいない身体に触らせるのは、志緒にとってありえないことなのだ。

性急にことを進めるのはやめたほうがいいかもしれない。まずは志緒に、自分たちが同じ位置にいるのだということを認識させてやらねば。

「やめようか」

「え？」

「今日のところは、って意味。よく考えたら、初めてがこんな場所ってのもな」

どちらの家でもなく、ホテルでもない。それどころか、ちゃんとした部屋ですらない。二人にとって初めての、そして志緒にとっては本当に初めてのセックスをするには、どうにも相応しくないと思う。毎日のように入り浸っている店なのだ。そんなことに、たったいま気がついた。

「するならちゃんと、シチュエーションにこだわってみたいんでね」

「シチュエーション……ですか？」

きょとんとする志緒を起こしてやり、拾ったシャツを肩にかける。ボタンを上から留めていくと、慌てて志緒も細い指先で下からボタンを留め始めた。

だがそこまでだ。志緒が下着やボトムを取ろうとする前に、抱きよせてしっかりと腕に閉じこめた。抵抗はなかった。

「そう。どんなのがいいと思う？　ベタなところだと、海の見えるホテルとか、雪景色の見える別荘とか」

「……本当にベタだ」

思わずといった様子で志緒は笑った。硬かった表情にようやく柔らかさが戻り、肩からも力が抜けたようだ。

自分でも、シチュエーションにこだわろうと思ったことがおかしくてならなかった。自分にこんな一面があるとは新発見だ。

「そう言う志緒くんは、どういうのが好きなんだ？」

「そんな……考えたこともなかったです」

「じゃあ考えろよ。で、決まったら言ってくれ。その通りにするよ」

「そ、それはかえって恥ずかしいような気がするんですけど……」

「だったら、お任せでいいな？　俺のやりたいようにやるぞ」

志緒は少し考えてから、納得したように頷いた。わずかな時間に、なにか別のことを考えていたのは間違いない。

「いまのは、なにに納得したんだ？」

「あ、いえ。ちょっとくらい強引なほうがいいのかもしれないなぁ……って思ってたんです。俺の意見とか、そういうのなしで」

意中の相手からのその言葉はかなり衝撃的で、嘉津村は志緒の髪を梳《す》こうとしていた手を、一瞬止めてしまった。

「大胆なこと言うんだな。志緒くんは奪われたいタイプなのか」

「ち、違います。そうじゃなくて、きっと俺はどっかで二の足踏んじゃうから。だから、あんまり俺には訊かないほうがいいんじゃないかって」

「ああ……まぁ、そうかもな」

相手が男だから志緒は躊躇《ちゅうちょ》するのか、それとも女が相手であろうと、セックスに関してはそうなのか。ふとそんなことを考えて、基本的な疑問が浮かんだ。思えば志緒にそのあたりを確認したことはなかった。

「一つ、確認な。志緒くんはバイセクシャルか？　それとも……」

「とりあえず、女の子を好きになったことはないんです。たぶん、男の人しか対象にならないんだと思います」

「そうか。女の子ともセックスしたことはないんだな？」

「……はい」

俯く志緒の顔は見えないが、かなりの羞恥に見舞われていることは間違いない。

「ラッキーだな」

「はい？」

「正真正銘、俺だけのものってことだろ」

耳もとで囁いて、ついでとばかりに耳朶《じだ》を軽く噛《か》むと、志緒は小さく声を上げた。うろたえただけにしては、声に艶があった。どうやらここが弱いらしいと、嘉津村はひそかに微笑《ほほえ》んだ。

「あの……服……」

「それはあとだ。どうせ誰も来ないだろ？　来たっていいけどな」

「どうやって言い訳するんですか」

「言い訳はしない。堂々と口説いてるって言うさ。ここの客は口が堅いし、男同士だからって引くような連中じゃないと思うけどな」

「それは……そうかもしれないけど、嘉津村さんはもっと自分が有名人だってこと、自覚したほうがいいです」

「って言われても、作家だしな。テレビに出てるわけじゃないし」

著者近影の写真さえ、基本的にテレビには映さないようにと頼んである。徹底したその姿勢のせいで、辰村克己はテレビ嫌いとして業界で有名だ。

「あ、そうか。志緒くんがバレるのいやなのか」

「俺のことはいいんです。お客さんに知られても、困らないし。いまだってオーナーの愛人とか恋人って思われてるし」

「知ってたのか」

「はい。そんなようなこと、お客さんに言われたし、オーナーからも都合がいいからみたいなこと言われて、なんとなく否定しないできてるんです」

おそらくは虫除けのためだったのだろう。実際、ある程度の効果はあったはずだが、嘉津村に関して言うならば無意味だった。

「牽制《けんせい》してたわりには、あっさり許したよな」

「たぶん、軽い気持ちで誘ったりしないように……ってことだったんだと思います」

「ああ……なるほど」

だから試すようなことを言ったり、したりしたわけだ。ようは志緒に興味を示す男を、ふるいにかけていたのだろう。保護者を名乗るだけのことはある。いまひとつ腹の見えない男だが、志緒に対しては無償の好意があると考えて間違いはなさそうだ。

「誰になんて思われても、別になんともなかったんですけど……嘉津村さんに誤解されるのは、いやでした。なんか、悲しくて」

「悪かった」

「嘉津村さんが謝ることじゃないですって」

心なしか志緒の表情が違って見えた。夏の前に見た屈託のなさが、少しだけ戻ってきたような感じだ。再会したあとの憂いを含んだ表情もそれはそれで魅力的だが、やはり影のない笑顔を見ていたいと思う。

勘当されたという話は聞いた。詳細については語ってくれなかったが、いまならば話してもらえそうな気がした。

「なぁ、実家のことを話してくれないか？　もしかして、勘当の理由って……」

「カミングアウトしたせいです」

あっさりと志緒は答えた。やはり以前は、同性が好きなことを知られたくなくて口を濁していたらしかった。

「好きだったっていう男は関係してるのか？」

「いえ。それは関係ないんです。時期的に、重なっちゃいましたけど」

「こっちで知りあった男なのか？」

「いえ、従兄弟《いとこ》です。母方で、二歳年上の」

志緒の表情に苦いものがまじる。いつのできごとかは語らなかったが、月日が流れても、なお志緒にとっては痛みを伴う思い出なのだ。

「そうか、従兄弟ってのはキツイよな」

赤の他人ならば会わないですむものの、親族ならばそうもいかない。帰省すれば会うこともあっただろうし、親族の集まりなどもあるだろうから。

「ずっと好きだったのか？」

「そのへんは自分でもよくわからないんです。子供の頃から憬れてたから、いつ恋愛感情になったかが、はっきりしなくて。従兄弟は優秀な人で、見た目も結構よくて、優しいお兄さんだったんです。中学三年くらいには自覚してた気がします」

過去のこととはいえ、好きな相手の恋の話を聞くのは、正直言っておもしろくない。だが必要なことだと割りきることにした。一人で抱えこんでいたのでは、いつまでたっても、かつての恋から離れられないだろう。

「好きになった男ってのは、従兄弟一人だけなのか？　それだけで同性はだめって判断したわけじゃないんだろ？」

「大学に入ってから、一回だけ女の子と付きあってみたんです。告白されて……可愛くて、すごくいい子で、好感持ってたから……でも、無理でした」

「それは、その子が無理っていうわけじゃなく？」

「違うと思います。恋愛感情が全然湧かなくて、キス……しただけで、なんていうか……違和感があって。ああ違うって」

そもそも恋愛のベクトルが同性だと自覚したのは、中学で告白されたときだという。男に告白されてもは嫌悪感はなく、ただ『この人とは付きあえない』と思っただけだった。だが同じように女の子から付きあって欲しいと言われたときは、無理だと感じたらしい。

「もう感覚的にわかっちゃったんです。その子も、クラスで結構仲のいい女の子だったし、好意はあったんだけど」

志緒は苦笑をこぼし、視線を遠くに投げた。

自覚した当初はかなりショックだったし、悩みもしたと志緒は呟いた。それでも、従兄弟への気持ちを自覚するまでは、気のせいかもしれないと自分に言い聞かせていたという。

「決定的になってからも、全然開き直れなかったです。バレないようにしなきゃって思って、結構、神経すり減っちゃって。それで東京の大学にしようって決めたんです」

そうして合格通知をもらい、さまざまな準備もすませ、いよいよ上京しようという前夜。地元の友達が送迎会を開いてくれて、高校のＯＢである従兄弟も顔を出した。その帰り道に、志緒は勢いあまって告白してしまった。

「ドン引きされちゃって、それから三年以上、ほとんど話すこともなかったんです。俺はこっちの大学に来て、ちょっとヤケになってて、それもあって女の子と付きあったりして……」

「男と付きあってみようとは思わなかったのか？　こっちに来てからも、男に告白されたりしたんじゃないか？」

都会より閉鎖的だっただろう地元にいるときですら、何人かの男に告白されたというのだ。周囲の目がうるさくない大学生ならば、あって当然だと思った。

果たして志緒は、ためらいがちに頷いた。

「でも、好きだって思える人はいなかったから。勇気もなかったし」

「そうか」

「なんとなくそれで三年以上すぎて、去年の夏に帰省したとき……急に従兄弟が俺の気持ちを確かめてきて……」

「確かめる？」

「はい。あのときの告白はまだ有効なのか、って。なんで急に、そんな気になったかわからないんですけど、とにかくそれで付きあうことになったんです。たったの五日間でしたけどね」

つまり五日目に寝ようとして、手痛い拒絶にあったわけだ。

「やっぱり男の身体じゃ無理って。顔だけ見てたらいけるかもしれないって、思ったそうです。俺、すごく舞い上がってたから、反動でずどーんって落ちこんじゃって。そんな状態のときに、父親から結婚の話、持ちかけられて」

「結婚？　その歳でか？」

志緒はまだ二十二歳だ。まだ大学さえ卒業していないというのに結婚話とは、あまりにも早いと言える。

「とりあえず話だけ……って前置きでしたけど、ようするに将来的に結婚しろっていう、強制的な話だったんです。地元議員の娘さんで……」

「本当にそういうことってあるんだな。別世界だよ」

「ちょっといろいろ面倒な家なんです。俺の意見なんか無視されちゃうし。それで……つい言っちゃったんですよね。男の人しか好きになれないから、女の人と結婚するのは無理って」

志緒は自嘲《じちょう》をもらし、嘉津村の肩にこつんと頭を預けた。こんなふうに甘えるしぐさは初めてだった。少しは距離が縮まったのかもしれない。

「その場で勘当されちゃいました。父親なんか、汚いもの見るような感じで、それっきり目もあわせてくれなかったです」

「ほかのご家族は？」

「母は子供の頃に病気で亡くしてるし、継母《ままはは》は俺がいないほうが気楽だろうし……。弟は俺がいようがいまいが、関係ないんじゃないかな」

「そうか……」

「あ、でも家のなかが冷えきってるとか、そういうんじゃなかったですよ。継母はいつも俺に気を使ってくれてたし、弟とも仲よかったし。最近まったく口きかなくなっちゃっただけで」

予想外の家庭事情だった。普段の様子から、てっきり家族の愛情に包まれて育ってきたと思っていたのだが、話を聞く限りでは、包まれるような温かなものは感じられなかった。

「祖父が元気だったら、少しは違ったのかもしれないけど……」

「病気なのか？」

「ええと……少し前から施設にいて。俺のことも、もうよくわからないんじゃないかな。勘当とか、ゲイとか、そういうこと知らずにすんで、よかったかもしれないけど……」

浮かべた笑みには苦いものがまじっていた。

胸を衝《つ》かれて、嘉津村は志緒をきつく抱きしめた。もともと腕のなかに閉じこめていたようなものだったが、より強く引きよせた。

志緒が嘉津村との恋愛に臆病さを見せる理由はわかった。やはり従兄弟からの拒絶が尾を引いている。相手からのアプローチの末の拒絶なのだから、なおさらだろう。だからゲイでもバイでもない男を警戒してしまうのだ。

「予約したからな」

「はい……？」

「恋人のポジションは俺のもんだ。誰にもやるなよ」

「は……はい」

「よし」

キスをしようと思って、ふと気がついた。これが初めてのキスではないだろうか。多少、順序が違う気もしたが、セックスには至っていないのだからよしとしよう。

動きを止めた嘉津村を不思議そうに見る志緒に微笑みかけ、そのまま唇を塞《ふさ》いだ。

目を瞠ったのは一瞬のことで、すぐに目が伏せられた。長いまつげがかすかに震えているのがわかり、嘉津村は余計に煽られてしまう。

志緒の反応はいちいち好みでいけない。

キスさえあまり経験がないようで、舌先を入れても応《こた》える動きがぎこちなかった。あるいは深いキスは初めてなのかもしれない。

そう思うと、ざわざわと身体の奥底がざわめいた。

このままもう一度押し倒し、すべて貪《むさぼ》ってしまいたい。その衝動を抑えるのは容易ではなく、このままキスなんかしていたら歯止めが効かなくなることは確実だ。

しかたなく嘉津村は唇を離した。未練たっぷりに、最後に志緒の唇を舐めた。

閉じられた目もとは赤く、唇は濡《ぬ》れて薄く開いたままだ。たまらないほど扇情的で、見ているだけで身体が反応しそうだった。

故意に視線を外し、ゆっくりと息を吐きだして、嘉津村は志緒の髪を梳いた。

「デートしようか」

「え……？」

開けられた目が潤んでいたことは、見ないことにした。

「そんなに遠出はしないで、夜までに店に戻ってくればいいだろ？」

しばらくは健全なデートを重ねていくことにしよう。そして少しずつスキンシップを図り、志緒のなかに残る恐れを溶かしていけばいい。

志緒は頷いて、恥ずかしそうにいそいそと服を拾って身につけた。

無難なところで映画と食事だろうか。映画はもらいもののチケットが何枚かあるから、それを使ったほうがよさそうだ。経済的に余裕のない志緒に負担はかけられないし、奢ると言ったらひどく恐縮するからだ。

着替え終わった志緒を促し、店の外へと連れだす。いつまでもこんなところで寝泊まりさせておきたくはないが、嘉津村の家へ連れこむのはまだ早い気がする。

折を見て、話を持ちかけよう。

ひそかに考えながら、嘉津村は志緒がドアに施錠するのを見つめていた。

志緒が栢植に呼びだされたのは、それから数日後のことだった。

栢植フードサービスの本社に来るのは初めてだし、呼び出しの理由も言ってもらえなかったから、否応なしに志緒は緊張してしまう。

（わざわざ本社って……）

大抵の用事ならば、店ですればいいことなのだ。上のフロアは住居なのだから、たとえ店に顔を出さなくても、用があるならば上へ来いと言えばすむはずだ。そうなると、思い当たる話は一つしかなかった。

受付で名前を告げると、女性社員に応接室へと案内された。比較的新しい複合ビルのワンフロアがオフィスとなっていて、忙しそうに歩きまわっている社員を何人も見た。若い人が多いという印象だが、不思議なことではない。社長の栢植だってまだ四十前なのだから。

応接室の前で一人にされ、志緒は意を決してドアをノックした。聞こえてきたのは栢植の声で、少しだけ肩から力が抜ける。

「失礼します」

「呼びだして悪かったね」

「いえ」

「座って」

栢植の正面に座り、緊張の面持ちで話が切りだされるのを待った。すると栢植はそんな志緒を見て、くすりと笑った。

「場所が本社っていうだけだよ。そんなに緊張することはない」

「は……はい」

「でね、そろそろ意思確認をしようかと思って呼んだんだ。卒論は通ったんだよね？」

柘植の言葉に、志緒はやはり、と思った。この場で先日の返事を求められるのだ。

「はい。口頭試問も終わりました」

志緒の通う大学は、卒業論文の提出期限日がかなり早く、十二月の初旬だったのだ。口頭試問も簡易的なもので、志緒は滞りなく終了している。もともと志緒は真面目な学生として教授から信頼も厚く、本当に形だけの口頭試問だった。

柘植は頷き、本題に入った。

「僕としては、ぜひうちに来て欲しいと思ってる。妻の実家のことなら、気にしなくていいよ。彼女はこの話とは関係ないんだからね」

「……はい」

「それに、君のお父《とう》さんも君の就職先にまで干渉はしないだろう？　もしするなら、それはまだ君を気にかけているということになる」

「そう……ですね」

だったらそれはありえないと、志緒はようやく納得した。柘植と知りあったのは、彼の妻である鏡子があいだに入ってくれたからだが、その先のことは彼女には関係ない。志緒が柘植フードサービスに入社したくらいで、彼女の実家に父親が睨みを利かせることはないだろう。

志緒は深々と頭を下げた。ようやく決心がついた。

「嬉しいです。ありがとうございます。ぜひ、よろしくお願いします」

これ以上はない話だ。勘当と同時に、父親が社長を務める会社の内定を取り消された志緒は、卒論や新しい生活のこともあって、とても就職活動ができる状態ではなかったのだ。

下げた頭を戻し、じっと見つめていると、やがて柘植は喉の奥で笑い始めた。

「な……なんですか？」

「いや、待遇とか業務内容をまったく訊かないな、と思ってね。いいのかい？　薄給でこき使われるかもしれないよ？」

「生活していければいいです」

「まったく……」

呆れたように笑い、柘植は手もとの書類を差しだした。そこには給与や勤務時間、手当などの基本的な条件が記されていた。勤務地は本社となっているが、まだどんな部署に配属されるかまでは書いていない。志緒としては、事務仕事だろうが営業だろうが、なんでもするつもりでいる。なんだったら現場スタッフとして出されてもかまわなかった。

「そんな感じでどうかな」

「はい。申しわけないくらい、いいです。ありがとうございます」

「でね、話というのはもう一つあるんだ。入社の前に、うちで正式にアルバイトをしてくれないかと思って」

正式にというのは、現在の状態と比較して、ということだろう。志緒は〈柘植〉を手伝ってはいるが、アルバイト料は受け取っていない。店で寝泊まりさせてもらう代わりに店番をしているようなものだから、いらないと最初に言ってあるのだ。だからこそ客は、囲われている愛人が店をやっているような受け取り方をしているのだろう。

「どこかの店ですか?」

「いや、その説明の前に……ああ、もうすぐ時間だから、待っててくれるかな」

「はぁ」

なんの時間だろうと思っていると、間もなくしてドアがノックされた。柘植の返事を受けて開いたドアから嘉津村の姿が見え、志緒は驚きに目を瞠った。一緒にいるのは、先ほど志緒を案内してくれた女性社員だ。志緒のときはドアの前で一人にされたが、今回は違うようだ。嘉津村は客として来ているのだろうから当然だ。

嘉津村も志緒がいることを知らされていなかったようで、怪訝そうな顔をしていた。

「お呼び立てしてすみません」

「いえ……」

「どうぞ」

嘉津村は志緒と並んで座り、一緒に入ってきた女性社員はお茶を出して退室していった。そういう段取りだったようだ。

「仕事の話だと聞きましたが」

「そうですよ」

柘植の返事に、志緒は目を丸くした。

「えっ、書くんですか？」

「まぁね」

なぜか嘉津村は渋い顔をする。喜んで引き受けたわけではなさそうで、柘植はというと、逆にかなり楽しげだった。

不思議に思っていると、柘植が種明かしをした。

「勝手に恩を売りつけたんで、断れなくなったんだよ」

「恩？」

「僕のおかげで、君たちの仲は多少なりとも進展しただろう？」

「あ……」

恋人の座を予約された日のことだ。思い当たった志緒は、とっさに嘉津村を見つめた。

あれが原因で不本意な仕事をするのだとしたら、申しわけないことだ。嘉津村にはコラムやエッセイよりも、小説を書いて欲しいというのも志緒の本音だった。そのための時間が、新しいこの仕事で削られるようなことがあったら――。

「すみません」

「なにが？」

「だって、断れなくなったって……」

よほど志緒が情けない顔をしていたのか、嘉津村は面食らった様子のあと、慌てて志緒の肩に手を置いた。

「違うって。確かに断りづらくなったけどな、別に仕事がいやなんじゃない。してやられたのが悔しいだけだ。それに絶対いやなら、俺はなにがあっても受けないからな」

「そうなんですか？」

「ああ」

断言されて、少しは気が楽になった。ほっとして嘉津村を見つめていると、「で……」という柘植の声がした。

「納得したところで、話を進めてかまわないだろうか？」

「は、はいっ、すみません」

慌てたのは志緒だけで、嘉津村は堂々としたものだった。視線だけを柘植に向け、無言で続きを待っている。

「実はですね、ワイアットホテルと提携することになりまして。いままでワイアットは、自社で朝食のサービスを行ってきたんですが、ニーズにあわせてカフェやレストランを入れることになったんですよ。それをうちが請け負います」

「俺の仕事と、どんな関係が……？」

「すべての客室とロビーに、うちの雑誌を置いてもらえることになったんですよ。で、少し派手《はで》にやろうかと」

「ああ……」

柘植フードサービスでは、無料の月刊誌を各店舗に置いている。雑誌といっても中綴《と》じの薄いもので、広告の意味あいが強い。全体の半分が店の情報やクーポンなのだ。そしてワイアットホテルとは、新興のビジネスホテルチェーンだ。この十年ほどで急激に数を増やし、いまでも年に一軒は新規オープンしているという。客の満足度も高いと評判のホテルだった。

「電話でもお話ししたように、フォトエッセイをお願いします。うちの月刊誌に、四ページで連載していきたいと考えてます」

「……フォト、って部分は初めて聞きましたが？　まさかそれ、俺の写真じゃないでしょうね」

「もちろん辰村先生のお写真ですよ。ちゃんと言いましたよ？」

にっこりと笑う顔が激しく胡散《うさん》くさい。電話の内容を知らない志緒にも、嘘だとはっきりわかるくらいだった。

だが嘉津村は溜め息をついただけで、文句は言わなかった。

「それで……？」

「志緒を担当にします」

「はいっ？」

いままで自分には関係ないとかまえていた志緒は、途端にびくんと背筋を伸ばした。柘植はその一見穏やかそうな目を志緒に向けた。

「写真を撮るのと、原稿を取るのが君の主な仕事だ。取材に同行しなさい」

「しゅ……取材？」

「そう。ワイアットホテルとうちの系列店がある場所でね。以前は食に関することと限定していましたが、事情が変わったので、紀行文のようなものでお願いします。写真は取材先の景色と、辰村先生で。現地に行ったという証拠にもなりますしね」

行きもしないで書いた文章に適当な写真をつけた、と思われないようにしたいとのことだが、どうにも取って付けたように聞こえてしまう。

「あの、オーナー」

「志緒。ここでは社長と呼びなさい」

「は……はい、社長……あの、カメラなんて扱ったことないんですけど」

「だったら練習しなさい。あとで機材を渡すから」

「……はい」

これは決定事項で、どうあっても覆せないことらしい。志緒はすごすごと引き下がった。

無料の雑誌とはいえ、掲載される写真だ。プロに任せればいいと思うのだが、きっとこのあたりは経費削減だろう。嘉津村を使うのは高そうだから、その分、担当者にかける費用を削ろうというのかもしれない。

（でも、どう考えても嘉津村さんの写真って重要じゃないか……？）

この男らしい美貌を餌《えさ》にしたいと考えているからこその、フォトエッセイだろう。それを素人に撮らせていいものか。

「初回は気合をいれて、三回シリーズで行こうと思ってます」

「シリーズ？」

「場所は札幌です。三泊四日の日程でお願いします」

「確かに気合が入ってますね」

無料の雑誌なのだから、適当に近場ですませるかと思っていたら、とんでもなかった。志緒は戸惑うばかりで、成りゆきを見守るしかない。

「札幌にはワイアットが二軒あるんですよ。うちも、いくつか出してますしね。それに北海道は引きがいいんです」

「なるほど」

「宿泊もワイアットになります。ビジネスで申しわけないんですが、企画が企画ですのでご容赦願えますか」

「ああ……はい」

「原稿が溜まったら、出版しましょう。ねぇ、辰村先生」

「腹黒いですね」

ぽつりと呟いた嘉津村に志緒はぎょっとした。同じことを思っていたというのも理由だし、まさか口に出して言うなんて、という驚きもあった。

「ありがとうございます。一応、経営者なので、利益のことも考えませんと」

「でしょうね。志緒くんを担当にすれば、俺が断らないとお考えのようですし」

「違いましたか？」

「いえ、その通りです」

嘉津村は大きな溜め息をついた。すでにいろいろなことを諦めている様子だ。

それから柘植は細かいことをいろいろと説明し、一時間ほどしてようやく志緒たちは解放された。

そして志緒は、帰りがけにデジタル一眼レフカメラと付属品一式を渡されたのだった。

「……はぁ」

タクシーのなかで渡された紙袋を抱きしめ、志緒は深い溜め息をついた。どうせ店へ行くからと、嘉津村が拾った車に同乗させてもらっている。

「気が重そうだな」

「写真に自信がなくて」

「なんとかなるだろ。デジカメなんだし、撮りまくってれば、使えるのもいくつかあるんじゃないか。その場で確認もできるしな。俺は単純に嬉しかったけどね」

「え？」

「志緒くんと取材旅行」

「あ……はい」

それは確かに志緒も嬉しかったので、素直に頷いておいた。初仕事への緊張はあるが、同じくらいに楽しみでもある。

「まずは、カメラの練習だな。まだ少し時間あるし、毎日撮ってみればいい」

「はい」

店に着いたときはすでに暗くなっていたが、客が来るような時間にはなっていなかった。連れだって店に入り、まずは簡単に使い方を教えてもらった。それから付属の編集ソフトをノートパソコンにインストールする。いや、してもらった。この手のことが志緒はとても苦手なのだ。

「あとは、このケーブルで繋いで……とりあえず、なにか撮ってみて、それを読み込んでみようか」

「えーと……じゃあ」

志緒は手にしたカメラを迷うことなく嘉津村に向けた。

「おい、俺なのか」

「だって嘉津村さんを撮れって言われてるんですよ？」

ついでに景色もだが、それはあえて言わないことにした。嘉津村もそのあたりはよくわかっているはずだ。

苦笑を浮かべる嘉津村をレンズ越しに捉《とら》えながら、志緒は緊張しつつもシャッターを押した。薄暗いなか、自動でフラッシュが焚《た》かれた。

「ほら、貸せ」

試しだからなのか、それとも被写体が自分だから余計なものを撮られたくないのか、たった一枚で嘉津村はカメラを取り上げた。

それから慣れた様子でケーブルでカメラとパソコンを繋ぎ、撮ったばかりの一枚を読みこんでいく。初めて触れるカメラだろうがパソコンだろうが、まったく関係ないようだった。とても志緒にはできない芸当だ。

「読みこむときは、これでいい。簡単だろ？」

「う……はい」

「ま、俺がやってもいいんだけどな」

「それは申しわけないです。あ、よかった。ちゃんと撮れてる」

当然といえば当然なのだが、先ほどの写真は無事に撮れていた。出来不出来は別問題だが、被写体がいいのでそれなりに見えた。

「気の抜けた顔だな」

「そんなことないです。格好いいですよ。あの、これ消さないでくださいね」

「勝手に消したりはしないけど、なんで？」

「だって、一番最初に撮ったやつだし……」

このカメラでというよりも、志緒が初めて嘉津村を撮ったものとして、記念にとっておきたいと思った。

意図は伝わったらしい。嘉津村は表情を和らげ、掠《かす》めるようにして志緒にキスした。

とっさに口を押さえたものの、赤くなっているのはごまかしようがない。たとえ店内の照明が抑え気味であってもだ。

「赤目補正しといてやるから、開店準備でもしてきな」

「準備なんて、ないですよ」

掃除はしてあるし、看板を出すわけでもない。客は勝手に来て、勝手に自分の酒を用意して、食事がしたければ勝手に作ったり持ちこんだりするのだから、志緒は店番をしていればいいのだ。もちろん頼まれれば手伝うが、その程度で、給仕らしいことを率先してやるのは柘植が来ているときだけだ。むしろ志緒の仕事は、客が帰ったあとの片付けや掃除、買いだしが主だと言えた。

「じゃ、カメラ弄《いじ》ってな」

「そうします」

志緒はカメラを片手に店内をうろうろし、思いつくままにシャッターを押した。カウンターに置いたグラスだとか、凝った形の椅子だとか、皿のアップだとか。練習なのだから、とにかく目につくままに撮った。そしていろいろなモードを試してみるうちに、最初の客がやってきた。

美容師の南だった。

「あれ、なにしてんの？」

「こんばんは。えーと、これは写真を撮る練習です」

「カメラ買ったの？」

南は話しながら嘉津村と目礼しあい、グラスと酒と氷を用意してカウチに陣取った。

「オーナーからの借りものなんです。ちょっとバイトすることになって」

「どんな？」

「っと……嘉津村さんの担当なんですけど」

このあたりは言ってもいいと言われていることだ。取材先とワイアットのことさえ言わなければいいことになっている。

興味津々で身を乗りだす南に、月刊誌の連載のことを告げ、近々取材に行くことも白状した。

「今年中に、店を空けることになると思うんですけど……」

「って、遠出するって意味？」

「はい」

「二人で？」

「そうですけど……」

「えええええっ！」

南は大げさに驚いて、志緒と嘉津村を交互に見た。彼は志緒が柘植の愛人だと固く信じている一人だった。

「いいの？」

「オーナー……社長の指示ですから」

「えー、だって……」

「この際ですから誤解を解いておきますけど、俺とオーナーって、そんなんじゃないですよ。いままで否定しなかったのは、オーナーの指示なんです」

「え、なにそれ。そうなの？　違うの？　だって……えええ？」

「そんなに驚かなくても……」

「くそう、騙《だま》された！」

南はいきなり立ちあがると、がしっと志緒の両肩をつかんだ。嘉津村と同じくらい上背のある南にそうされると、見あげなくてはならなくなった。

「じゃあさ。俺と……」

「南さん。悪いけどさ、志緒くんに触んないでくれるか。その子、八割方俺のだから」

奥のソファから嘉津村の冷静な声が飛ぶ。思わず二人してそちらを見ると、ひやりとした空気をまとう嘉津村が、じっと南の手もとを眺めていた。

「は？」

「いまさら口説いても遅いってことだ」

「ちょっ……ちょっと待て。なんだそれ。っていうか、八割ってなに」

「想像に任せる」

ふっと笑って嘉津村は作業に戻っていく。といっても、いくつかキーボードを叩いたあと、すぐにパソコンを閉じてしまった。どうやら補正と保存が終了したようだ。

嘉津村に訊いても無駄だとばかりに、南はふたたび志緒を見た。

「しーちゃんは嘉津村さんのことが好きなわけ？　口説かれたの？　そんでOKしちゃったと？」

「ノーコメントですっ」

志緒は南の手を振りきって嘉津村のいる席に座った。隣ではなく向かいだが、それを見て南は軽く溜め息をついた。

「そういうことかぁ……ええぇー、ずるいよセンセー。抜け駆けじゃん、それ」

「どこが。出禁食らうのが怖くて二の足を踏んでた人に、なにも言う資格はないな」

「いや、まぁ確かそうなんだけどー」

ぶつぶつ言いながら南が移動してくるので、少し迷って志緒は嘉津村の並びに移動した。ソファ席はコの字型で広いから、並んでいても密着するようなことはない。

南はぐっと酒をあおると、ぶちぶちと文句を言い始めた。

「センセーが本気っぽいのはわかってたけどさぁ……そういや、しーちゃんってセンセーのファンだったよね。やっぱそういうのってポイント高いんだ？　でもさ、俺だっていい男だよね。センセーみたいなタイプが好きだったの？」

やたらと「センセー」を連呼するのは、嘉津村がそう呼ばれるのを好まないと知っているからこその嫌がらせだ。愚痴っぽい口調も、ほとんど冗談まじりだろうが、何パーセントかは本気なのだろう。

志緒だって、南が志緒に本気じゃないことくらいわかっている。好意的ではあるが、熱を感じたことはなかった。志緒がもっと割りきれる人間であったなら誘われたかもしれないが、柘植と同じできっと最初から相手にするつもりはなかったのだろう。彼らのような人間にとって、本気の付きあいしか望まない志緒は、手を出す相手ではないのだ。

そうこうしているうちに、次の客がやってきた。料理研究家の犬坂だ。

「こんばんはー」

「あっ、犬坂くん！　いいとこに来た。一大事なんだよ！」

テンション高く南は叫び、愚痴まじりで怒濤《どとう》の説明を始めた。犬坂は面くらいながらもおとなしく話を聞いていたが、相づちや返事はかなり適当だった。少なくとも犬坂にとって、志緒と嘉津村の関係は「一大事」ではないようだ。

「っていうか、俺になにを言えと？」

「悔しいじゃん。しーちゃんは俺らのアイドルなのに」

「アイドルだって恋愛くらいするでしょ。とりあえず、なんか食うもの作ってくるよ」

キッチンへ向かう犬坂を、南は恨めしそうに見送った。共感してもらえなかったことが悔しかったようだ。それから客が来るたびに同じことを繰りかえしていた南だったが、とうとう彼に同意してくれる者は現れなかった。

あてがわれた部屋は、最上階の端の部屋だった。

志緒はカードキーでドアを開け、控えていた嘉津村を先に通すと、あとから続いて入室した。

部屋は予想していたよりもずっときれいだったが、シンプルすぎるほどシンプルで、よく言えば機能的にできている。一番広い部屋をあてがってくれたらしいが、広さは三十平米あるかないかというところだ。二つ並んだベッドはセミダブルでデュベタイプだった。壁に沿って造りつけられたライティングデスクは、テレビを載せるという役割も果たしており、その下には冷蔵庫やコーヒーセットなどがコンパクトに収められている。

「うーん……まぁ、こんなもんか」

ぐるりと室内を見まわし、嘉津村は軽く顎《あご》を引いた。

言いたいことはよくわかる。いくらきれいであってもビジネスホテルだから、シティホテルほどの設備があるわけではない……ということだ。

「すみません」

「こら、謝ることじゃないだろ。そういう企画だって承知で来たんだし、別に俺は泊まるとこなんかどうでもいいんだよ」

「そうなんですか？」

「残念って思うのは、下心の部分だ」

「はい？」

「本当はこっちにいるうちに、志緒くんを完全に落としてセックスまで持ちこみたいとこなんだが、このシチュエーションじゃなぁ。イマイチどころか、ありえん。部屋もだけどさ、ホテル側が俺たちのことわかってる状態ってのがな」

「か、嘉津村さん……」

今回の滞在はワイアット側から部屋を用意された形なのだ。特別な注意が向けられている状態で、男同士の泊まる部屋にセックスの痕跡《こんせき》など残したくはないだろう。

「窓から雪景色、ってのはいいのにな。あ、そうだ。こっちのホテルはこのままにして、別のいいホテル取ろうか？　それとも温泉とか行っちゃうか？」

「えっ、だめですよ。バレたら俺が叱《しか》られます！」

コートも脱がないうちからどんな会話だろうかと思う。どうも今朝から嘉津村は弾けているようだ。いや、少し前から彼はより一層積極的になり、言葉もスキンシップも惜しまなくなっていた。

「残念」

嘉津村はさほど残念そうでもなく言った。もとより冗談だったので、むしろ予想通りの反応をした志緒をおもしろがっているようだ。

「仕事ですよ、仕事。いろいろとお任せしちゃった俺が言うことじゃないですけど……」

ホテルに着くまでのことを考えると、声も自然と小さくなる。本当は各種手続きも案内も志緒の役割だったはずなのだが、実際には嘉津村がやった。飛行機に乗るのが初めてだった志緒の代わりに搭乗手続きをし、ゲートまで連れていき、機内でもあれこれと世話を焼いてくれた上に、このホテルまで連れてきてくれたのだ。

「ずいぶん緊張してたもんな」

思いだしたのか、嘉津村はくすりと笑った。空港に着いてからずっと志緒はそわそわしていたが、飛行機が離陸体制に入ったときに緊張はピークに達し、かなり顔を強ばらせていた。そんな志緒の手を嘉津村は見えないようにそっと握ってくれたのだ。

「……飛行機は苦手です」

「帰りの便、キャンセルして、寝台列車で帰ろうか。カシオペアがあるといいんだけどな。ちょっと調べてみるか」

「い、いいですそんな！　ごめんなさい、大丈夫です。帰りも飛行機で平気です！」

「無理すんな。いろいろ選択肢はあるんだぞ」

「あの……それは、またの機会でお願いします。今回は、予定通りがいいです」

「それは、俺とまた北海道に来る、って意味でいいのか？」

くすりと笑い、嘉津村は志緒を引きよせて軽く抱きしめた。厚いコートを着たままなのが惜しいと思ってしまう自分がいて、少しだけ照れくさかった。

「……はい」

「そうか。じゃあ今度は夏に来よう。車借りて、いろんなとこ行こうな」

他愛もない約束に、胸がぽうっと温かくなる。この場限りの言葉遊びだろうと、本当に果たされようと、どちらでもかまわなかった。

額にキスを落とし、嘉津村は志緒を離した。

「このまま出かけるか？　ちゃっちゃと終わらせて、後半は旅行気分を満喫するってのもありだぞ」

「そうですね。じゃあ頑張って使える写真を撮らないと」

ベッドの上に置いたカメラバッグへ目をやり、気合を込めて頷く。

付け焼き刃ではあるが毎日のように練習と研究を重ねた。場所も時間も変えていろいろなものを撮った。薄暗い店内だけではだめだと、南は自分が店長を務めるカットハウスへ志緒を連れていき、スタッフたちを撮らせたし、犬坂は明るいキッチンで彼自身や料理を撮らせた写真をブログに載せたりした。それ以外の客もかなり協力してくれたのだ。

「どうした？」

「すごく恵まれてるなぁと思って」

家族とは疎遠になってしまったが、柘植の店で出会った人たちは皆親切だ。あそこの客は柘植が厳選した人物のみで、いずれも自立した大人だということもあるだろうが、異質な存在である志緒にもなにかと気を使ってくれる。

「俺と出会えたし？」

「……うん、そう思います」

勘当されなければ柘植の店と関わることはなく、嘉津村と親しくなることもなかった。街でたまたま会うことはあったかもしれないが、きっとそれだけだっただろう。

だからきっと、これでよかったのだ。心の秘密を抱え、家族にも本当の自分を隠して生きていくのは、かなりつらかったから——。

「取材に行きましょうか」

「そうだな」

カードキーとカメラバッグを手に、嘉津村のあとに続いた。ホテルの外へ一歩出ると、首をすくめたくなるほど冷たい空気が全身を取り巻く。それでも今日は風がほとんどないだけマシなのだろう。

「どこへ行く？」

「えーと、まずは大通り公園にします。夜にも一度行って、イルミネーションを撮ろうと思ってるんですけど」

「わかった」

事前にいろいろと調べ、撮影予定場所を柘植にも見せてある。その上で意見をもらったので、それに沿って撮影するつもりでいる。

ホテルからの移動は徒歩だ。志緒はマフラーをしっかりと巻き直し、手袋をした。

「今日の晩メシは、系列店だったよな」

「はい。今日だけはよろしくお願いします。地元色があるって言ってましたから、ちょっと楽しみですよね」

一度くらいはという柘植の希望で、初日の夕食は柘植フードサービスがやっている海鮮料理の店に決まっていた。だが明日からは自由にと言われている。志緒が行ってみたい店と、嘉津村が行きたいという店がいくつかあり、それだけで三泊四日の食事の予定は埋まってしまいそうだ。

「楽しいか？」

「はい」

「そっか」

志緒の答えに嘉津村は満足そうに笑った。


今日の午後だけで何ヵ所かまわって写真を撮り、食事をしてから夜の大通り公園へ行って、また写真を撮った。メモリカードがいっぱいになるほど撮り、途中でカードを入れ替えて、それすら半分は使った。さすがに嘉津村も呆れていた。

「どれだけ撮りゃ気がすむんだ」

「下手な鉄砲も……って作戦です」

「まぁ、いいけどな。ポーズ取ってるわけじゃないし」

もしポーズを要求していたら、確実に泣きが入っていたことだろう。

自然なしぐさのほうがいいからと、撮影ポイントに着くと志緒は嘉津村から少し離れ、あとは好きにしてもらっている。嘉津村という男は立っているだけで絵になるから、志緒は非常に助けられていた。腕がなくとも、それなりに見えるのだ。

充分に写真を撮ったあと、公園を離れて、ゆっくりと歩いてホテルまで戻った。ホテルは繁華街にあり、夜になっても周囲はかなりにぎやかだ。寒がりの志緒からすれば信じられないほど薄着の人もいて、見ているだけで身震いがした。

逃げるようにしてホテルに入り、まっすぐに部屋へ帰った。だが寒くてコートは脱げなかった。

「先に風呂《ふろ》だな。出てくる頃には部屋も暖まってるさ」

「は……はい」

風呂と言われて妙に緊張してしまうのは、志緒たちの関係が宙ぶらりんの曖昧なものだからだ。限りなく恋人同士に近いが、実際にはまだそうじゃない。それでも互いに好きあっていることは知っている。志緒が気持ちを言葉にすれば、その瞬間から恋人という関係になるのだろう。

ぼんやりと考えながらバスタブに湯を張った。アメニティには入浴剤もあったので、それを使うことにした。湯はたちまちラベンダー色に変化した。

もうもうと湯気が立ちこめると、さすがに寒さは感じなくなる。志緒はコートをハンガーにかけ、着替えを持ってバスルームに戻った。このホテルでは、浴衣ではなくナイトシャツが用意されている。

志緒の膝まであるロング丈のシャツだ。

　充分に温まって、そのナイトシャツを着て出ていくと、パソコンに向かっていた嘉津村が振り返り、ふっと目を細めた。

「いいな。それ、志緒くんが着ると可愛い。ワンピースみたいだ」

「ええー」

「脱がせたいけど、ガマンだな。俺も入ってくるわ」

「あ……それじゃ、お湯溜めてきますね」

「ああ、悪い」

　志緒が湯を溜めにバスルームに戻っていくと、嘉津村はパソコンを終了させ、デスクの脇へと押しやる。今回は二人ともノートパソコンを持ってきていた。

「入浴剤、入れておきました」

「いい匂いだな」

　くんと鼻を鳴らし、嘉津村は擦れ違いざま志緒の肩口に顔を寄せた。思わずドキッとしてしまうが、深い意味はないのだと言い聞かせて、じっとしていた。

「いい匂いだけど、じゃま。志緒くんの匂いがしなくなる」

「えっ、俺ってなんか匂うんですかっ？」

　軽くショックを受けながら顔を上げると、嘉津村はたまらずぷっと吹きだした。

「違う違う。君が思ってるような意味じゃなくて、フェロモン的な意味」

「は……？」

「初夜のときは、入浴剤とかなしで行こうな。まぁ、別に夜じゃなくてもいいんだけど」

目を瞠る志緒を置き去りにして、嘉津村はバスルームへ入っていった。

しばらく赤い顔をして立ちつくしていた志緒だが、やがて我に返ってデスクへ向かい、まずはカメラの電源を入れ、小さな画面でも判断できるほど使えなさそうな写真を消去した。数を減らしてから、自分のパソコンを開いてカメラを接続する。

その頃にはもう嘉津村は短い入浴を終えて出てくるところだった。狭い部屋だから、ドア越しにでも気配というものは伝わるものだ。

ドアが開くと、暖められた湿った空気とともに、入浴剤の匂いが流れてきた。確かにこれは、少しばかり強烈かもしれないなと思っていると、肩越しにパソコン画面をひょいと覗きこまれた。

てっきり同じようにナイトシャツを着るかと思っていたのに、嘉津村は持参した薄手のスエットの上下を身に着けていた。

「あ、ずるい」

「なにがだ」

「これ着ないんだ」

志緒は自分のナイトシャツを軽く引っ張り、つい口を尖《とが》らせた。さっきワンピースなどと言われてしまったこともあり、不公平な気がしてしまう。

「こういうのも浴衣も苦手なんだよ。サイズ的に厳しいしな。お、なんか自分の写真ばっかり並んでるってのも、妙な気分だな」

嘉津村はパソコン画面に映しだされた写真を見て、わずかに苦笑をもらした。

「格好いいのに」

「自分の写真、並べて見たいか？」

「え、それはちょっと……」

「だろ？　俺は君の写真だったら、喜んで並べるけどな。あ……そういや一枚も持ってないな。ちょっとカメラ貸してくれ」

「い、いやですよ。だめです、これは。仕事用なんです」

先の展開が読めてしまい、志緒はぴしゃりと断った。どうせこのカメラで志緒を撮ると言いだすに決まっている。嘉津村は予想通り残念そうな顔をした。

「いいから、お仕事なさってください。こっちにいるあいだに三本とも書くって言ってたじゃないですか」

「予定は未定」

「後半、遊べないですよ？」

「帰ってから書くからいいんだ。ま、覚え書きくらいはやっとくか」

不承不承といった感じで嘉津村は自分のパソコンを持ち、ベッドへ移動した。それから間もなくして、キーボードを打つ音が聞こえてきた。

覚え書きと言っていたが、かなりの文章量になっている様子だ。あるいはエッセイ本文か、別のものを書いているのかもしれない。

(小説はもう書かないのかな……)

もう何年も彼は新作を発表していない。エッセイやコラムといったものばかりで、それはそれで読みものとしておもしろいのだが、やはりファンとしては新しいものをと望んでしまう。

一度うっかりその部分に触れてしまい、気まずい雰囲気になったものだから、二度とそのあたりのことは口にしていなかった。

仕事のじゃまをしてはいけないと考え、志緒は嘉津村に話しかけることはせず、ずっとパソコンに向かっていた。柘植に指示されている通りの処理をしてデータを保存し、明日行く予定の場所を調べていると、ぱたんとパソコンを閉じる音がした。

「十二時すぎてたな」

「えっ？　あ……ほんとだ」

「それ終わらせて、もう寝な。ゆうべあんまり寝てないだろ」

「なんでわかるんですか」

「顔に出てるからな。もしかして遠足前の子供状態？」

なかなか眠れなかったのは事実だが、少し違う。誤解のないように、パソコンを閉じながら志緒は返した。

「眠れなかったのは緊張してたからです。興奮してたからじゃないですよ」

「俺はちょっとしたな。いろいろ考えてたからさ」

「いろいろって？」

「やましいことも含めて、いろいろ」

にやりと笑い、嘉津村はパソコンを隣のベッドに放りだした。そこは志緒が使うはずのベッドなのにと、怪訝な顔をしていると、大きな手がぽんぽんと嘉津村のベッドを叩いたあと、志緒が反応する前にぐいっと手を引っ張った。

「えっ……」

「なにもしないって。怖がらなくても、一緒に眠るだけだ」

その言葉は本当だろうが、もし嘘でもかまわないと思う。そのままベッドに引きずりこまれ、腕に抱えられた。

セミダブルのベッドに成人した男が二人というのは狭いはずだが、密着していればあまり違いはない。

長い腕が伸びて照明をすべて落とすと、互いの体温を強く感じるようになった。

ひどく胸が騒いで、どうしたらいいのかわからない。だが絶対に眠れないだろうという予想とは裏腹に、急速に眠気が襲ってきた。

そのまま吸いこまれるようにして、志緒の意識は落ちていった。


写真は初日と二日目に撮りまくり、撮った志緒自身が驚くほどの枚数になった。嘉津村にも見てもらい、使えそうな写真の数は揃ったので、予定通り後半は気楽にかまえ、観光気分を満喫した。

あっという間に四日間がすぎ、帰りの便はもう夕方に迫っている。最後のランチは市内にある、スープカレーの専門店で取ることにした。これは志緒が一度食べてみたいと思っていたもので、数ある専門店のなかからさんざん迷って選んだ店だ。あまり中心部から離れないようにと考え、あとはインターネットでメニューを見てなんとなく決めた。

「いろいろと、おもしろいですよね」

スープを選んで基本のメニューを決め、あとはいくつか具をトッピングした。オフィス街にある店は場所がわかりにくい上に、外観も飲食店らしからぬものだが、店内に入ると食欲をそそる匂いが立ちこめていた。週末はかなり混むようだが、大雪が降る平日で、しかも一時をまわっているせいか、客はほかに誰もいなかった。スペースに余裕のある店内が余計に広く感じられる。

「のんびりしちゃったな……仕事で来たの、忘れそうです」

「いいんじゃないか。お互いに、やることはやったんだしな。これで三ヵ月ぶんだろ。ってことは、次回は当分先だな」

「次は近場かもしれないですよ」

「言えてる。ヘタすると都内かもな。よくて横浜あたり」

ワイアットホテルと柘植グループの店舗が一番多くあるのは、間違いなく東京都内だ。今回の反動で、次回の経費が削られることは大いにありえそうだ。

「ま、それはそれでいいけどな。この企画だと温泉は無理だからさ、次の取材までのあいだに、ゆっくり温泉にでも行こうぜ。部屋に専用露天風呂がついてるようなとこな。離れで」

「……なんか、顔がいやらしいです」

「いやらしいこと考えてるからな」

さも当然だと言わんばかりに肯定された。文句のつけようもない男前の顔で、爽やかに言わないで欲しいと思ってしまう。小声だったのは幸いだ。たとえ店の人がこちらを見ていたとしても、まさか嘉津村がそんなことを言ったとは思わないだろう。

「ストイックな人なのか、エッチな人なのか、よくわからないですよね」

「言っとくが、全然ストイックじゃないぞ。だから覚悟してろよ」

答えにくいことだったが、嘉津村は返事を期待していないらしく、すぐに携帯電話を弄り始めた。

あんなことを言ったものの、実際にストイックな部分もあると志緒は思っている。

嘉津村は三晩とも志緒を腕に抱いて眠った。キスはしたたし、身体を撫でるくらいもしたが、官能に火がつくような触れ方はしなかった。本当は抱く気がないんじゃないかと疑ってしまうほどだった。

「温泉旅館もいいけど、別荘もいいよな。そっちのほうがじゃまされないでいいか」

次々と予定を口にする嘉津村は、志緒がまだ返事をしていないことをどう考えているのだろうか。恋人になることを確信して言っているのか、それとも言葉遊びなのか。

深く考えそうになったところで、店員が近づいてきた。二人分のライスを置き、続けて注文したカレーをそれぞれの前へ置く。スープに辛みはつけていないらしく、テーブルに置いてある辛味調味料で好きな辛さにするらしい。

見るからにボリュームがある。カレー自体はさらりとしたスープ状だが、具材がとにかく多いのだ。素揚げした野菜がこれでもかと入っている上に、ついトッピングもしてしまったからだ。

「あ、ほんとに全然辛くない」

「入れるか？」

「俺はこのままでいいです。あ、すごい。カマンベールが半分入ってる。ハンバーグも沈んでますよ、ほら」

スプーンで半月状のチーズや俵型のハンバーグを掬《すく》いあげ、ひとしきり具を見せて感心しあったあと、ようやく志緒は食べ始めた。

途中、互いのカレーを交換したり、具をやったりもらったりしながら、のんびりと食事をした。食べきれないかと思ったが、意外に軽く完食してしまった。

タクシーを呼んでもらって駅まで行き、空港までは電車で移動した。

行きは嘉津村に任せてしまったが、今度は志緒がすべての手続きをした。機内への案内が始まるまでには、まだ一時間近くあるという。

「お土産を見たいんですけど、嘉津村さんはどうしますか？」

「土産か」

「オーナーと、常連さんたちにと思って。帰ったらすぐ会うし」

到着するのは九時すぎだろうが、その時間だと間違いなく店には客がいる。志緒はほかに帰るところがないのだからしかたない。もちろん店で寝泊まりしていることは、ほかの客には内緒なので、あくまで直接店に立ち寄った、ということになるが。

「俺も行くよ。一人にして、ナンパでもされたら困るからな」

「そんなのありえないです」

軽く流して志緒は土産物店が並ぶエリアへ向かった。大勢でつまめるものがいい。無難なのはチョコレートだろうか。あるいはチーズなんかもいいかもしれない。

結局、数種類のチーズと生チョコレートを共同で買った。ほかの買いものと一緒に会計するという嘉津村に品物を渡し、志緒は少し離れたところで別の菓子を見ていた。

「ひょっとして斉藤さんちの坊ちゃんかな」

覚えのある呼ばれ方にはっとして振り向くと、初老の夫婦が志緒を見つめていた。

「あ……」

知っている顔だった。実家の近くに住んでいる人たちで、これといった付きあいはないものの、会えば挨拶《あいさつ》くらいはしてきた。おそらく向こうは志緒の名前までは記憶していないだろう。

「やっぱりそうだ」

「……ご無沙汰《ぶさた》しております」

「すごい偶然だねぇ。いや、似てるなぁって話してたんだよ」

「ご旅行ですか？」

「うん、ツアーであっちこっちね。確か東京の大学に行ってるんだよね？　卒業したら、戻ってくるんだろ？」

「いえ、そのまま就職するので」

あまり突っこんだ話はしたくないが、まさか無視するわけにもいかない。時間を気にするそぶりを見せると、会釈だけで口を挟んでこなかった妻が、やんわりと夫を促した。

「あなた、そろそろ行かないと。また呼びだされるのはいやよ」

「わかってるよ。それじゃ、頑張って」

「ありがとうございます。お気をつけて」

愛想よく笑って送りだしながら、志緒はひそかに感謝した。あきらかに妻のほうは空気を読んで退散してくれたのだ。

ほっとしていると、嘉津村が近づいてきた。

「知りあいだったのか？」

「地元のご近所さんです。びっくりした……」

「マズかったか？」

「いえ、大丈夫です。実家に話が行ったとしても、問題ないですから。暢気《のんき》に旅行してるって、父は怒るかもしれないけど」

もしそうだとしても、志緒にはもう関係ないことだ。思いがけず実家のことを思いだしてしまい、少しだけ苦いものがこみあげてきたが、以前ほどではなかった。

買いものはすんだが、いま搭乗口へ行ったらどこかでまたさっきの夫婦に会ってしまいそうだから、コーヒーでも飲みながら時間を潰そうということになった。ターミナルビルの四階に行くと、出発を待っているらしい人たちが相当数いたが、席がないというほどではなかった。

熱いコーヒーを買って、円テーブルに着くと、いつかのコーヒーショップを思いだした。やけに昔のような気がしてしまう。

心配そうな嘉津村に、志緒はにこりと笑いかけた。

「大丈夫ですよ。卒業後に戻る戻らないの話になって、ちょっと動揺しただけですから」

「戻って当然って思われてるのか？」

「はい。実際、なにもなかったら戻る予定でしたしね。そういう家なんです」

志緒は長男だからなおさらだ。斉藤家は明治の頃に製糸で富を築き、その後は精密機械の分野に移って現在に至っている。地元でも指折りの名家であることは間違いないのだ。いまとなっては、関係のない話だが。

「無理するなよ」

「ありがとうございます」

支えてくれる人がいるから、志緒はきっと大丈夫だ。そして自分が支えてもらうだけではなく、嘉津村のことも支えていけたらいいと思う。

志緒はそっと嘉津村を見やった。

この人の隣にありたい。触れたいし、触れられたい。この人にならば、なにもかもさらけ出せるような気がした。

変わらない日々が続いていた。

札幌から戻って、次の日から柘植に急《せ》かされるまま、フォトエッセイの編集に取りかかった。嘉津村は札幌にいるあいだに、本当に第一回目のエッセイを書き上げていたのだ。写真も数点選びだし、月刊誌の担当者と一緒に何度も顔をつきあわせて形にしていった。

そうして二ヵ月後には、ワイアットと柘植グループ系列店の情報が付随したフォトエッセイが世に出ることとなった。

「見たよ、エッセイ」

南のサロンへ行くと、開口一番に雑誌のことを言われた。

「ありがとうございます」

ＶＩＰルームへ通され、椅子に座らされ、背後に立つ南と大きな鏡を介して視線をあわせる。

志緒を呼んだのは南だ。いままでは彼が店に来たときに、持参したハサミで整えてくれていたのだが、たまにはサロンできちんと切らせろと言いだしたので、予約を入れて来たのだった。

客として店へ来るのは初めてだから、ここへ座るまでは少し緊張していたのだが、南の態度があまりにも普段通りだから、すっかり肩から力が抜けた。それにこのＶＩＰルームはほかに誰もいないから、人目を気にしなくていいというのもある。

「写真、いい感じだったよ」

「ほんとですか？」

「うん。雪の札幌だってのに、やけにホットな感じだったけどね。なんていうの、愛がダダ漏れ、みたいな。いいなぁ、熱いなぁ。羨《うらや》ましいなー嘉津村さん。俺もしーちゃんとイケナイことしたかったなぁ。きっとしーちゃんって可愛い声出すんだろうなぁ」

「南さん、セクハラになってきてますけど」

最近の彼の発言は、かなり露骨だ。以前は志緒の相手が柘植だと思っていたから遠慮していたものを、しなくなったからだという。

常連客たちの認識はすっかり改められた。柘植とはもともとなんでもなく、嘉津村が果敢に攻めて志緒を口説き落とした……になったのだ。本当はまだ返事もしていないし、身体の関係もないのだが、ややこしくなるから否定するなと言われていた。まだ恋人としての関係が固まっていないうちに、すでに常連客のあいだでは公認されている。

南はブツブツ言いつつも、シャンプーからブローまで、すべての行程を一人でこなした。VIP客にはいつもそうらしい。

しゃべりながらも南の手は止まることがない。シャンプーのときはあやうく眠りそうになるほど気持ちよかったし、滑るように動くハサミは音すら軽やかだった。さすがはメディアにも引っぱり出される人気美容師だと、あらためて思う。

「うちのスタッフにも辰村克己のファンがいてさ、二部持ってきてたよ」

「あ、持ち帰り率が高いって、オーナーも言ってました」

どうやら柘植の店だけでなく、ワイアットホテルでもそうらしい。さすがは嘉津村だと感心していたところだ。

「来月もゲットするって張り切ってたよ」

「やっぱり嘉津村さんってすごいですよね」

「うん。でもさ、しーちゃんの写真もよかったよ。さっきも言ったけどさ、技術の拙《つたな》さを愛でカバー的な」

「そ……それって言ってて恥ずかしくないですか？」

「全然」

ドライヤーの音にまじって聞こえる声にも、鏡に映っている顔にも、照れや躊躇といったものは見られなかった。これもまたさすがだと思った。

適当に相づちを打ったり流したりしているうちに、あっという間にセットまで終わってしまった。カラーリングもパーマもやらないと早いものだ。

「よーし可愛くなった。しーちゃんの髪って、さらっさらできれいだよねぇ。あ、うちのシャンプーがいいのかな」

「そうですね」

「適当に返事したでしょ、いま」

「そんなことないですよ。ほんとにそう思ってます。俺、前はもっと安いの使ってたから、比べちゃいけないのかもしれないけど、やっぱり全然違いますよ」

柘植の店で暮らすようになってから、志緒が使っているシャンプーは南のところのオリジナルだ。土産代わりに持ってきてくれたのを、ありがたく使わせてもらっているのだ。

南は満足そうだった。

最後に軽くスタイリングしてもらい、合わせ鏡で後ろや横からのスタイルを見せてもらった。あまり切っていないように思えたが、全体的に軽く仕上がっていた。まだ寒い時期だが、確実に春に向かっているから、ちょうどいいだろう。

「帰りにナンパされないようにね。あと、センセーに飽きたら俺んとこにおいでよ。いつでも大歓迎だから」

「飽きないです」

自然とそんなセリフが出てくるようになったというのに、志緒はいまだにきちんとした返事をしていない。嘉津村の仕事が忙しそうだからだ。札幌から戻ったあと、嘉津村は店へ来るのも三日に一度くらいになったし、長居もしなくなっている。

「なんかセンセー、忙しそうだよね。あんなに毎日来てたのに」

「そうですね」

「しーちゃんを口説き落として、安心してんのかね。だったらチャンスかなぁ？」

「違います」

本当に忙しそうなのは、見ていればわかった。店に来ることは少なくなったが、電話やメールは毎日のようにしているし、食事にもよく行く。そのときに、何度か編集者らしき人から電話が来た。以前はなかったことだった。

嘉津村の意識は、いまは志緒にだけ向かっているというわけではない。だからなかなか告白する機会もないのだった。

笑いながら立ちあがり、バッグを手に取ろうとすると、なかで携帯電話が震えていることに気づいた。柘植からの電話だった。

「どうぞ、出て」

南は気を使ってVIPルームから出ていった。

「はい、斉藤です」

相手はわかっているし、そもそも志緒にかけてくるのは嘉津村と柘植、そして柘植の妻の鏡子だけだ。勘当と同時に以前使っていた電話は契約を切られ、数ヵ月間は携帯電話のない生活を送っていたのだ。アルバイトを始めたことで、柘植から新しい携帯電話を渡されたものの、まだ番号すら覚えていない状態だった。

『ちょっと話があるんだが、いいかな。確認したいだけだから、すぐに終わると思うんだけど』

「あ、はい」

普段と変わらない様子だが、こんな時間に電話をかけてくるのだから、なにかあったのだろう。自然と志緒は身がまえてしまった。

『林《はやし》 孝明《たかあき》という人を知ってる？』

思ってもみなかった。

志緒は大きく目を瞠る。告げられたその名に、あやうく携帯電話を落としそうになった。

「……あの……」

『君の従兄弟で間違いないかな』

柘植の声は冷静だ。おかげで少しは落ち着きを取り戻すことができた。

「は……い」

『例の従兄弟？』

「……そうです」

『やっぱりね。実はね、林孝明と名乗る人物から、僕に……というか、柘植フードサービスの社長宛《あて》にメールが届いてね。君の居場所を知っていたら教えて欲しい、って書いてあるんだ』

電話を持つ手が震えそうになり、反対側の手で必死に押さえた。そうでもしないと、電話を落としてしまいそうだった。

もう平気だと思っていたのに、こんなにも動揺している自分がいる。気持ちは残っていないはずだが、夏の出来事はまだ志緒のなかで昇華されてはいないのだと思い知らされた。

「ど……どうして、オーナーに……」

『北海道で知りあいに会ったんだって？　その話を聞いて、うちの月刊誌を見て、もしやと思ったらしいね』

雑誌に志緒は本名を載せず、写真担当としてＳＨＩＯにしたのだが、従兄弟が確信を得るには充分だったようだ。

『行方がわからなくなって心配なんだそうだ。会って話したいそうなんだが、どうしようか。いやなら断っておくし、電話ですませたいなら、番号を教えるよ』

「……すみません。少し待ってもらえますか。考えさせてください」

『わかった』

話はそれだけだったようで、柘植はあっさりと電話を切った。

志緒の居場所は家族も知らない。誰も尋ねようとしなかったからだ。勘当されることが決まり、携帯電話もマンションも解約すると言われたとき、志緒は本当に行く当てがなかった。大学でできた友人はいたが、泊めたり泊まったりということは意識して避けてきたのだ。自分の性癖がバレたら、と思うと、怖くてできなかった。だから藁《わら》にも縋《すが》る思いで鏡子を訪ねたら、柘植を紹介された。

立ちつくしていると、南がひょいと顔を覗かせた。そして志緒を見て、さっと表情を引き締めた。

「どうしたんの、しーちゃん」

「あ……いえ」

「顔色悪いって。柘植さん、なんだって？」

近づいてきた南は、志緒の顔を覗きこみ、心配そうに眉を下げた。こんな顔をさせてしまったのが申し訳なかった。

「なんでもないです。ご心配かけてすみません」

「んー、なんでもないって様子じゃないんだけどなぁ。よし、今日はもうこの部屋使わないから、休んでなさい。で、俺はあと一人予約入ってるから、そのお客さんが終わったら、一緒に店へ行くってことで。いいね？」

「そんな、ほんとに大丈夫です」

「言うこと聞かないと、ベロちゅーするよ。で、あることないこと、君の愛《いと》しのセンセーに言っちゃうよ？」

無理に椅子に戻され、志緒は一人で部屋に残された。いつもの冗談だとわかっているが、気遣ってくれていることは確かだから、言葉に甘えてしまうことにした。

溜め息がこぼれる。

（会いたくないけど……でも、きっと会わないとだめなんだろうな）

思っていたよりも引きずっているとわかったからこそ、向きあわなくてはならないのだと決意した。

従兄弟の単独行動なのか、斉藤家が関わっているのかも確認しなければいけないし、どちらにしてもこの件は柘植から切り離す必要がある。柘植を通してではなく、直接志緒と孝明のラインにしたほうがいいだろう。

「嘉津村さんにも言わなきゃ……」

忙しそうだから、余計な話をして煩わせたくはないが、耳には入れておいたほうがいい。

せっかく髪を切って軽くなったと思った気分は、見る影もないほどに沈みこんでしまった。


約束の時間までは、まだ三十分近くあった。

三時になると、ここ数日のあいだ志緒に溜め息をつかせていた人物がやってくる。

日時と場所は柘植が決めた。志緒が直接コンタクトを取ろうと思っていたのに、柘植は頑としてそれを許さず、またけっして手を引こうとはしなかった。あの企画がきっかけならば、自分に責任があると言い張って。

嘉津村も柘植に同意した。誰よりも過剰に心配した彼は、今日もこの場についてきて、従兄弟と会うときも隣室で控えるのだと言っている。

従兄弟と会うことにしたと告げたとき、嘉津村は難色を示したが、志緒の決意に気づいてからは、あからさまに反対だと言わなくなった。とはいえ、やはり思うところはあるらしい。

場所は柘植フードサービスのオフィスだ。会議室を借りることになっていた。

「だいたい不自然なんだよ。心配だっていうなら、もっと早く動いてもいいはずだろ。大学は辞めてないんだからな」

いくら住所が不定で電話もなかったとはいえ、手はいくらでもあったはずだ、というのが嘉津村の主張だ。柘植も同意見らしく、軽く顎を引いている。

「いろいろ理由は考えられますけどね。辰村克己のファンだとか、単純に有名人と接触したいとか、うちと関わりを持ちたいとか」

「ありそうな話か？」

「わかりません。従兄弟は、俺の父の会社で働いてるはずなんですけど」

「そのあたりも含めて、いま調べているところです」

柘植はやんわりと言った。

「調べるって……」

「ああ、大げさなことではないですよ。妻が地元の友人や親戚《しんせき》に、探りを入れているというだけですから。ただ、君の実家には、以前ほど大きな力はないと思うよ。さすがにこのご時世で、業績のほうがね」

激しい落ち込みではないものの、ジリ貧ではあるらしい。大失敗しない限り倒産はしないだろうが、躍進もないだろうと、柘植は冷静に言った。

「現状維持ができれば御の字だろうね」

「そうなんですか……」

まったく知らずにきた自分が志緒は恥ずかしかった。なにごともなければ、自分が入るはずの会社だったというのに。

甘えきっていた自分にあらためて気づかされた。やはり勘当され、内定も取り消されてよかったのだ。使えない身内は、会社をだめにするだけだろうから。

「そろそろ時間だね」

柘植が時計を見てからものの一分とたたないうちに、受付から内線電話が入った。嘉津村は志緒の唇に軽くキスを落とし、内側のドアから隣室へ行った。

最近、とみに大胆になった気がする。人と場所は選んでいるが、基本的に人目は気にならないようだった。

「ナチュラルだね」

「すみません……！」

「いや、別にかまわないよ。おかげさまで、エッセイは好評だしね。ワイアットも大喜びで、新幹線のチケット付で次の場所を提示してきたよ。場所については保留にしたけどね」

「さりげなく褒めてましたもんね」

嘉津村はエッセイのなかで、ワイアットホテルについても触れたのだ。ビジネスホテルに泊まるのは久しぶりだが、意外と快適でイメージが変わった。仕事をするのによさそうだ。要約するとそんな感じのことをさらりと書いたのだ。もちろん柘植の店についても書いていたが。

　ぽつぽつと言葉をかわしているうちに、ドアがノックされた。いつぞやの社員に案内されてきた従兄弟──林孝明は、志緒と目があうと笑顔を浮かべ、それから柘植を見て頭を下げた。

　いつも見てきた笑顔だった。まるでなにもなかったように、普通に笑みを向けられたことに、志緒は溜め息をつきたくなる。

（なんでそんなに普通なの……）

　志緒を持ち上げて叩き落として、浅くはない傷を負わせたことなど、孝明にとってはささいなことだったのだろうか。捻《ひね》くれた考えだと思ったけれど、志緒はそんなふうにしか考えられなかった。

「どうぞ、おかけください」

「失礼します。柘植社長でいらっしゃいますか？」

「ええ」

「このたびはお手数をおかけして申しわけありませんでした」

「とんでもない。ご心配は当然ですからね。どうぞ、ごゆっくり。ではね」

　柘植は最後の一言だけ志緒に向け、廊下へ繋がるドアから退室していった。

　二人だけになると、孝明は肩から力を抜いて、笑みを柔らかくした。

「よかった。元気そうだ」

「……うん」

「心配したんだよ。母さんから、おまえが勘当されたって聞いて……」

「いつ？」

「ん？」

「それ、いつ聞いたの」

「秋頃だったかな。どこにいるかもわからないっていうし携帯も解約されてたし……みんな心配してるんだぞ」

「そう」

　自分でも驚くほど素っ気ない声しか出なかった。心配しているというのが本当だとしても、父親の顔色を窺って、誰も具体的な行動は取らないはずだ。家族は当然そうだし、親戚も本家の主《あるじ》の意向には異を唱えない。思いだせば少しは気にするという程度だろう。

　ここまで会いに来た孝明は、そういう意味でかなり思いきったことをしていると言えた。

「勘当の理由って……婚約を蹴《け》ったことに関係してるんだろ？」

「……誰かがそう言ったの？」

「いや、理由については教えてくれないんだよ。ただ、斉藤の家に相応しい人間じゃないって。とても訊ける雰囲気じゃないしさ」

　相応しくないと言う言葉に、志緒は自嘲をもらした。異性は愛せないのだと打ち明けた日、父親に同様のことを言われたことを思いだした。

「まあ……なんとなく想像はつくけど。でさ、僕も一緒に行くから、一度帰ってみて、叔父さんに会わないか？」

「無駄だよ、孝明さん。父さんが折れるなんて、ありえない。あの人は、俺を絶対に認めないよ。そういう人だ」

自分の父親のことは、孝明より理解しているつもりだ。それでも去年の夏までは、まだ認識は甘かった。言えばショックを受けるだろうと思っていたし、怒られるだろうと覚悟もしていた。だが絶縁まで言い渡されるとは思っていなかったのだ。

「なにもさ、馬鹿《ばか》正直に勘当されてることないじゃん。更生した振りすればいいんだよ。ようするに、ゲイってのが問題なんだろう？」

「え？」

「いや、だから振りをすれば」

「……なに、それ」

「ん？」

志緒は眉をひそめ、声を尖らせた。

「更生って、なに？　そんな犯罪みたいに言われる覚えはないよ」

確かに真っ当ではないかもしれない。世間からは後ろ指をさされることかもしれない。理解されないのもしかたない。だがいまのような言われ方は心外だ。

表情が険しくなったせいか、孝明は焦って顔を歪《ゆが》ませた。

「あ……ああ、ごめん。僕の言い方が悪かったよな。そんなつもりじゃなかったんだ。ただ、縁を切られたままなのは、よくないと思って……」

「しかたないと思ってるから。うちの家族は俺がいなくても成り立つし、俺は自分の気持ちを大事にしたい」

「それ、まだ僕のことが好きってこと？」

甘さを含んだ声が返ってきて、志緒は目を瞠った。付きあってみようと言ったとき以上に優しいそれの、意味がわからなかった。戸惑いを通り越して混乱してしまう。

啞然《あぜん》として返事ができないでいると、孝明はますます笑みを濃くした。

その表情に、志緒は我に返った。

「違う」

「え？」

志緒はもう一度違うと言って、かぶりを振った。

「こっちに来て、好きな人ができたんだ。その人と一緒にいたいからだよ」

嘉津村を諦めたくない。だったら戻れなくてもかまわないと思えるようになった。彼が好きだと言ってくれて、そして自分も好きだと認められるまでは、どこかで戻りたいと願っていたのだ。だから自分を責めてもいた。

だがいまなら、まっすぐ孝明を見て言えた。

虚を突かれた様子の孝明は、すぐに柔らかな笑みを浮かべた。

「そうだったんだ。どんな人？　もしかして柘植社長？」

「孝明くんの知らない人だよ」

「男……だよね？」

「そうだよ。だから、もういいんだ。迷惑はかけないからって、もし父さんとか誰かに俺のこと訊かれたらそう言っといて」

だがおそらくその可能性はないだろう。志緒と会ったことを孝明が言うはずはない。本家の覚えがめでたい彼が、わざわざマイナス点のつくようなことをするはずがないのだ。

志緒はひどく冷めた気分で孝明を見つめた。

あんなに好きだと思っていたのに、その気持ちが思い出せない。まるで夢から覚めたように、かつての気持ちは形を失っていた。

「……連絡先、教えてくれるかな」

「ごめん。携帯持ってないし、友達のところを転々としてるから」

「柘植社長とは、どうやって連絡取りあってるの？」

「こっちから毎日、連絡入れてる。緊急のとき用に、友達の番号は教えてるけど……」

暗にそれは教えられないのだと告げると、孝明は嘆息し、手帳になにか書くとページを破って志緒に差しだした。

「僕のケーバン。なんでもいいから、思いだしたらかけてみて」

志緒は返事をすることなく、受け取ったメモをポケットにしまった。

「とにかく、俺は元気だから。心配してくれてありがとう。でもなんとかやってるし、卒業もできそうだから。それなりに生きて行くよ」

「でも住むところも決まってないんだろ？」

「近いうちに決めることになってる。保証人は柘植さんがなってくれるっていうし、心配いらないから」

「就職は？」

「春からここでお世話になるよ」

「そうか。だったら安心だな。でも連絡してくれよ。ささいなことでもいいからね」

曖昧に返事をして、志緒は立ちあがった。話はもうすんだはずだ。

柘植に挨拶をと言うので、しかたなく内線を使って呼んでもらうと、孝明は志緒のことを何度も頼んで名刺を渡していった。

送ることはしなかった。

「うーん……」

柘植は名刺を眺めて小さく唸った。

「どうかしたんですか？」

「裏に手書きで携帯の番号が書いてあるんだけど、彼はいつもそうなのかな。それとも僕に渡すために用意してあったのかな？」

「……俺には手帳破ってくれましたけど」

「だったら全部に書いてあるってわけじゃないんだろうね」

「あ、そうですね」

わざわざ書かなくても、名刺を一枚志緒に渡せばいいことだったはずだ。それをしないのは、個人的な番号が書かれた名刺が一枚しかなかったからだろう。

少し考え、柘植はまぁいいかと呟いて名刺をポケットにしまった。

孝明が帰ったのを確かめたのか、隣の部屋から嘉津村が戻ってきた。

「どうだった？　大丈夫か？」

「はい。ちょっと言葉のアヤみたいなのがあったくらいで……」

むしろ最後に会ったときのことに、まったく触れようとしなかった。まだ好きなのかと言われただけだった。孝明のなかで、あれは消し去りたいできごとだったのかもしれない。

「連絡先は訊かれたか？」

「はい。打ちあわせ通りに答えておきました」

「……大丈夫そうだな」

嘉津村は志緒の頬に手を添えて、じっと顔を覗きこんだあと、ようやく気がすんだように手を下ろした。

「問題ないなら、次回の打ち合わせをして行きませんか」

「いいですよ」

「次回は桜の頃なんかどうですか」

柘植の提案で始まった打ち合わせは、ワイアットと柘植グループがある地域で、かつ桜の名所が近いのはどこか、に終始した。雰囲気からすると、京都になりそうだ。

雑談をまじえて一時間ほど話したあと、柘植は次の予定のために退室した。窓の外はまだ明るく、日が長くなってきたことを感じさせた。

「直接、店へ行くか？　それともメシでも食って行こうか」

「仕事は大丈夫なんですか？」

「ああ。決めることは決めたんで、あとは俺次第ってやつかな。で、どうする？」

「うーん……じゃ、店で。なにか食材買っていって、向こうで作ります」

オフィスを出て、駅までの道をゆっくりと歩いた。急いで行くことはないだろうと、いろいろな店を見てまわることにした。

「そういえば、この近くなんですよね。南さんのお店」

「あの人は、ずいぶん君を気に入ってるよな」

「可愛がってくれてると思います。どこまで冗談なのか、よくわからないですけど」

「それは俺もわからないな」

苦笑まじりに嘉津村は呟いた。南自身には好意を抱いているし、けっして本気でちょっかいをかけないとわかっているが、やはり見ていて愉快なことではないらしい。

ウィンドウには、複雑だと呟く嘉津村が映っている。こうして並んで歩く自分たちがどう見えるのか、ふと気になってしまった。

「……オーナーは、俺と嘉津村さんが一緒にいていい理由をくれたんですね」

「どうしたんだ、急に」

「たぶん、そうなのかなって。会社のためでもあるんだろうけど、おかげで堂々と食事に行けるし、旅行もできるし」

「そんなもんなくたって、俺は堂々と行くけどな」

「……嘉津村さん」

歩調をあわせてもらって歩きながら、志緒は前を向いたまま言う。

「うん？」

「あの……いまさら、なんですけど……ちゃんと返事をしたいんです」

歩きながらする話ではないかもしれない。だが二人だけの空間で見つめあって、というよりは、ずっと素直に言葉にできそうな気がした。

「俺、嘉津村さんのことが好きです」

視線を感じながらも、志緒は前を向いていた。声は嘉津村には届くが、たとえ後ろに人が歩いていても聞こえないくらいには小さい。

「今日、従兄弟に会って、すごくはっきりしたんです。従兄弟に向かってた気持ちと、嘉津村さんに向かってる気持ちって、違うものなんだなって」

「……どんなふうに？」

「たぶん、従兄弟には憬れが強くて……追いかけてる感じだったんです。でも嘉津村さんとは、手を繋いで一緒に歩いていきたい感じ、かな」

「そうか」

短い返事だが、どこか嬉しそうに聞こえるのは気のせいじゃないだろう。どんな顔をしているのか見ようとしたとき、嘉津村がポケットに手を突っこみ、携帯電話を取りだした。音は消しているが着信を知らせて震えていた。

「……犬坂くんだ」

「え？」

「はい、嘉津村です」

意外に思いながらも、志緒は黙って歩いた。嘉津村と犬坂が個人的に連絡を取りあっているとは知らなかった。常連客たちのスタンスはさまざまで、店にいるときだけ連帯感を抱き、ほかはいっさい接触を持たないという人もいるし、南のように店の外でも付きあいたがる人もいるのだ。犬坂はどちらかといえば後者だと思っていた。

「……わかった。ありがとう。それじゃ、あとでな」

電話を切った嘉津村は、なにやら思案顔だった。

「どうかしたんですか？」

「ちょっと予定変更だ。いいか、絶対に振り返るなよ。タクシーに乗ってから話すから」

嘉津村はそれからすぐにタクシーを止め、無駄のない動作で乗りこんだ。続く志緒が座るのを確かめると、行き先を言う前にすぐ出してくれと言った。変わりかけの信号に飛びこむようにして、タクシーは走りだした。

告げた行き先は、店がある町名だった。

「どういうことですか？　犬坂さんの電話と関係あるんですよね？」

「ああ、どうも俺たちのことをつけてる感じの男がいたらしい。だから、撒《ま》いてみたんだ」

「えっ？」

「お、来たな」

今度はメールらしく、いくつかのボタン操作のあと、嘉津村は画面を志緒に見せた。

「ちょっと遠目なんだが、この男だそうだ」

「あっ……」

「もしかして、従兄弟だったり？」

「そうです」

写っているのは間違いなく孝明だった。確かにロングショットだが、よく知るものならばわかる程度にはっきりしている。

「……どういうこと……」

「教えてくれならないなら、あとを尾《つ》けてでも把握しよう……ってことかな」

ぞっとした。なまじ会ったときの感じが悪くなかっただけに、ことさら不気味に思える。あの笑顔の下で、本当はなにを考えていたのか。

顔を強ばらせていると、嘉津村は宥めるようにして肩に手をまわした。

「従兄弟はタクシーがすぐ拾えなくて、諦めて帰ったそうだ。柘植さんのビルは知られてないし、直行するぞ。犬坂くんももう向かってる」

ほっとしたものの、孝明の真意がよくわからなくて、気分はすっきりしない。タクシーは念のために少し離れたところで止め、周囲に注意を払いながらビルに入った。店を開けて五分もしないうちに、犬坂はやってきた。

「ど、どうしたんですか、それ」

両手に袋を提げた犬坂は、落ちこみそうな気分も吹き飛ぶような異様な格好をしていた。帽子に立体的なマスク、ゴーグルの一歩手前といった感じの眼鏡を装着しているのだ。

「デビューしちゃった」

「は?」

「花粉」

犬坂はドアを閉めて両方の装備を外し、店内の空気清浄器のスイッチ入れた。薬を飲んでいるとかで、異様に眠いと呟いた。

「大変ですね」

「まぁね。でもおかげで顔バレしないですんだよ」

「さっきはどうも。助かった」

「いいえー。南さんとこで髪切ってもらった帰りだったんだよ。前のほうに目立つ人たちがいるなーと思ったら、なんかこそこそついてく男がいたもんだから」

「なるほど」

「何者かな。マスコミって感じじゃなかったけど」

「あ……その、実は俺の従兄弟で……」

「んん?　従兄弟?　なにそれ」

どさりとキッチンに置いたのは、なんらかの食材だ。今日もまた自慢の腕を揮《ふる》ってくれる気でいるらしい。

志緒はあらかたの事情を説明した。ただし孝明とのあいだにあったことは伏せ、ちょっとした感情的な行き違いがあった、とだけ言っておいた。

「えー、その従兄弟って大丈夫？　しーちゃんのこと狙ってるとかじゃなく？」

「それはないです」

「どうかなぁ。しーちゃんって、そういうとこ鈍そうだからな」

「同感」

「嘉津村さんまでっ」

孝明が男はだめなことを知っているはずなのに、嘉津村はさも心配そうに同意した。

「で、辰村先生としてはどう考えます？」

あえてペンネームで問いかけた犬坂は、ミステリー作家としての見解を期待しているのだろう。目が興味深げに輝いていた。

「柘植さんに取り入りたいって気配はあるんだよな。従兄弟はどんな立場だ？」

「立場……うーん、分家の次男で、父からは期待されていると思います。ただ……うちは同族会社なので、将来的には弟が入社するだろうし、従兄弟は弟より上には行けないと思います」

「いまどき同族会社なんだ。あ、ごめん」

つい口が滑ったらしく、犬坂は慌てて口を噤《つぐ》んだ。

「いえ、俺もその通りだと思います」

「だとしたら、従兄弟はそこから出たがってるのかもな。柘植さんに名刺渡してたろ。それも、かなり気合の入ったやつ」

「あ……」

「柘植さんが自分の名刺を渡さなかったのは、警戒したからだろうな」

「でもなんで、しーちゃんのあと尾けたりしたんだろ」

「あ、メール」

志緒は携帯電話を開き、急いでパソコンを立ち上げた。メールは鏡子からで、ＰＣメールに送ったものを見ろということだった。

鏡子が地元の友人や親戚から聞きだしたことが、いろいろと書いてあった。

一通り目を通したあと、志緒はそれを嘉津村たちに見せた。

「なるほどな」

「嘉津村さんの推測、当たってるかもしれないね」

どうやら孝明は、志緒の代わりに跡継ぎとなった弟に取り入ろうとしたらしい。だがうまくいかなかったようだ。思えば弟は昔から孝明には無関心だった。むしろ嫌っていたように思う。表立って関係が悪くなかったのは、挨拶程度の接触しかなかったからだ。

「従兄弟、どうにかしといたほうがいいんじゃない？」

「つきまとわれるのも面倒だしな……。さっき、顔バレがどうのって言ってたよな。ってことは、向こうは写真撮られたの気づいてるのか？」

「確実に」

「だったら、それを使うかな。犬坂くんにはちょっと変装してもらって、志緒の彼氏役をしてもらうから。俺と取材で一緒にいるだけで嫉妬《しっと》して、あとつけてまわるようなアブナイ彼氏役」

「えー、俺そんなキャラ？」

「あとは南さんと、ノリのいい南さんの知りあいを借りるか。従兄弟にはちょっと怖い思いをしてもらおうかな」

「怖い思いって……」

まさか脅すのだろうか。不安になって表情を曇らせていると、嘉津村はふっと笑って軽く手を振った。

「大丈夫だって。心配すんな。犯罪行為はしないからさ。平和的に脅すだけだ」

詳細はまだ不明だが、断言してみせた嘉津村を信じるしかなかった。

ふざけたシナリオだと、自分でも思う。

だが効果的で平和的なのは確かだし、後味のよさを得るにはちょうどいいだろう。

しかけはほとんどいらない。少しばかり犬坂の髪を染め、顔がわからないほど濃いサングラスをかけさせ、印象を違えるように小細工をしてもらった。これは南の得意分野なので、すべて任せることにした。

仕上がりは上々だ。とてもテレビで活躍している料理研究家・犬坂ユウタだとは思えないだろう出来映えになった。

「見事にガラが悪いな」

「おかげさまで。なんか、新しい自分を発見した気分」

ただし本人は花粉症を抑えるために飲んだ薬で、いまも眠気と戦っているらしい。

柘植の計らいで借り切ったバーは、事情を知っているマスターが一人で切り盛りしている小さな店だ。犬坂はカウンター席に座り、南と彼の友人たちは、ソファ席で静かに飲んでいる。そして志緒は別の席にぽつんと座っていた。

呼びだした時間はもうすぐだ。嘉津村も一人で席に着き、ことの成りゆきを見守ることにした。志緒がいる席とは、背中あわせになる場所だ。

志緒の従兄弟――孝明は、時間通りに店へやってくると、少しばかり不安そうに店内を見まわし、志緒を見つけて安堵の表情を浮かべた。

向かいあって座ると、志緒はテーブルに用意してあったウィスキーと氷でロックを作り、孝明の前へ滑らせた。

「慣れてるな。よく来るのか？」

「うん。いつも来てる。ここに来ると安心するから」

「へぇ……で、どうしたの？　いや、連絡くれて嬉しいけどさ」

「訊きたいことがあって」

「なに？」

孝明はグラスを軽くあおってから、人のよさそう笑みを浮かべて志緒を見つめた。

「どうしてあのとき、俺と付きあうなんて言ったの？」

「なに、急にそんな話」

「俺にとっては大事なことだったよ。少なくとも、ついこのあいだまではね。結構ボロボロで、柘植さんがいなかったらどうなってたかわからないよ」

「柘植……社長は、知ってるのか？」

「うん。全部話したから。あの人はバイセクシャルなんだ。俺には興味ないって言ってたけど。たぶん孝明くんみたいなタイプが好きなんだよ」

「だ、だって結婚して……」

「してるけど、鏡子さんとはずっと別居状態なんだ」

「そ……なんだ」

孝明の声は上ずっていた。柘植からの印象が悪いかもしれないという可能性に加え、バイセクシャルでしかも自分がタイプだと言われ、かなり困惑しているようだ。

「孝明くんは、俺を懐柔しようと思ったんだろ？　あのときの俺は、まだ次期社長だったから……。別に責めてるんじゃないよ。ただ確かめたいだけなんだ」

これは志緒の希望でもあった。もうなにを言われても平気だと言い張るから、こんなやりとりを用意したのだ。

孝明はそれを真に受け、大きな溜め息をついた。

「そうだよ。おまえの告白を断ってから、ぎくしゃくしてたからな。ガマンすればやれるかと思ったんだけど……」

「ガマン、ね」

志緒の声には苦いものが含まれていた。

(言うに事欠いてガマン、だと？)

どんな言いぐさだと文句の一つも言いたくなる。嘉津村などは、志緒に手を出さないようにとずっとガマンしているし、いまだって飛び出して怒鳴りつけないようにガマンしているのに。

「それで今度は志葉《しば》に取り入ろうとして、失敗したんだ？」

「……誰に聞いたんだ。それ」

急に声のトーンが変わった。穏やかな口調は跡形もなくなりを潜め、低く咎《とが》めるような冷たい口調になった。

「誰でもいいだろ。残念だけど、柘植さんも無理だよ。あっちを退社して、中途採用の試験受けるなら別だけど」

「おまえ……」

「それより、このあいだ俺のことつけてたよね？　ユウ！」

志緒が声を張ると、カウンターから犬坂が移動してくる。手には携帯電話だ。そして志緒の隣にどっかりと座ると、先日撮った写真見せつけるように電話を突きだした。

「あんた、このあいだの……」

「この人ね、俺に男が近づくのがいやで、ときどき見張ってるんだよ。嘉津村さんはそんなんじゃないって、何回も言ってるのに……」

口を尖らせる志緒の髪を撫でるようにして触り、犬坂は口もとだけでにやりと笑った。

「なんで俺のことつけてたの？」

「あれは……おまえがどこに住んでるのか、気になって」

「本当は俺の恋人が誰か、確かめたかったんじゃないの？　柘植さんだったら、それをネタにするつもりだった？　俺、ちゃんと否定したよね？」

「な、なに言って……」

「ああ、やっぱりそうなんだ」

動揺しているところを見ると、孝明という男はかなりわかりやすいようだ。思った通り、柘植の弱みでも握って、有利に動かそうとでも考えていたのだろう。

「こいつ……いや、この人なのか？　おまえが好きな相手って」

「そうだよ。本当はこの人の家とか、ここで会った友達の家とかに泊まってるんだ」

「ここで？」

「同じ趣味の人たちだから、気が楽なんだ。紹介しようか？」

その声を合図に、今度は南たちがわらわらと寄ってきた。いずれも体格がよく、一番小さい南ですら孝明よりも背が高い。

あまりに予想外だったらしく、孝明は目を白黒させている。

「これがしーちゃんの従兄弟なんだ？　へぇ、いいじゃん。かなり好み」

まずは南が先陣を切り、孝明の顎を取る。指先でするりと撫でることも忘れない。

小さく息を呑むような悲鳴が聞こえたが、誰一人としてそれを拾わなかった。

「この手のタイプって、組み伏せたいよな。相当もてるよ、これ」

「しーちゃんって素敵《すてき》な従兄弟がいるんだね」

「だめですよ。彼はノンケなんですから」

「関係ないって。っていうか、俺ってノンケ食いだもーん」

南の友達ががばっと孝明に抱きついた途端、バネでも入っているように孝明は立ちあがりかけたが、南の友人が阻止した。

孝明は顔面蒼白《そうはく》で、ろくに言葉が出てこない様子だ。

「どうしたの、一緒に飲もうよ」

「大丈夫、大丈夫。潰れたら、うちに泊めてあげるからさ」

「奢らせて」

口々に誘われ、孝明はかなりうろたえた。自分より身体の大きな男三人に、あからさまに好意と下心をぶつけられたら、逃げ腰になっても無理はない。嘉津村なら全力で逃げるだろう。

しばらく耐えていた孝明だったが、南の友人が尻《しり》を撫でた途端に、ひっと悲鳴を上げて席を立った。いや、転がり落ちたというほうが近いかもしれない。

「し、志緒っ。悪いが、もう帰らないといけないから」

「ゆっくりしていけばいいのに」

「いや、いろいろと用事もあるし。その、志緒も元気で」

孝明は挨拶もそこそこに、這々《ほうほう》の体で逃げていった。

ドアが閉まってしばらくすると、とうとう耐えきれなくなったのか、ぷっと犬坂が吹き出した。それを皮切りに、あちらこちらから笑いがもれた。傍観者に徹していたマスターさえも笑っている。

「センセー、やっぱこれ悪趣味だって！」

「自分でもそう思う」

「あの顔は見物だったな」

「生まれて初めて、貞操の危機ってやつを味わったんじゃないか」

「まぁ、普通男は味わったりしないからね」

犬坂は志緒に酒を作ってもらい、美味《うま》そうにそれを飲んだ。

「あっ、こら。ここは全員で乾杯だろ。しーちゃん、俺にも水割りちょーだい」

南は鬱陶《うっとう》しいほどにねだり、志緒に水割りを入れてもらった。ほかの二人にも、志緒はねぎらうようにして酒を渡す。

ささやかにみんなで悪趣味な乾杯をした。祝杯だ。

「柘植さんもアブナイ人なんだってインプットされたみたいだし、志緒くんの友達もみんなヤバイって認識になったことだし」

「それよりさ、センセー！　俺、あんなやつ全っ然、好みじゃないんだけど。もしかして仕返しだったりする？　俺がしーちゃんにセクハラするから？」

「セクハラって認めてるし」

ぼそっと志緒が突っこむが、南はまったく聞いていなかった。

嘉津村はマスターにウィスキーボトルを開けてもらうように言い、それらを南たちのところへ差しいれた。

「おー、悪いね」

「俺たちは帰るんで、ごゆっくり」

「今日はありがとうございました。お先に失礼します」

「おやすみー」

ひらひらと振る手に見送られ、嘉津村は志緒をつれて店を出た。念のために周囲を窺い、孝明の気配が残っていないことを確認して、少し歩いてタクシーに乗った。

行き先は柘植のビルではない。嘉津村が住むマンションだった。

「嘉津村さん……？」

戸惑うような声だが、意味はわかっているはずと、あえて返事はしなかった。

今日は柘植が店番をしているから、志緒は行く必要がない。それに連れて帰ることはあらかじめ柘植にも言ってある。

「本当はあの日、連れて帰りたかったんだけどな」

運転手の耳を一応は気にして、告白という言葉は使わなかったが、志緒にはちゃんと伝わったようだった。

あのまま抱きしめて、キスをしてしまいたかった。もしあのとき犬坂から電話が入らなかったら、間違いなくそうしていた。

今日まで待ったのは、残っていたわだかまりから志緒が解放されるのを待っていたからだ。従兄弟に気持ちが残っていないことは知っていたが、憂いはないほうがいいに決まっている。

「すっきりしたろ？」

「はい。本当に平和的な脅しでしたよね。ああいう悪ふざけって、したことなかったけど、ちょっと楽しかったです」

くすくすと笑う志緒からは、夏前に初めて見たときの屈託のなさが感じられた。嘉津村がずっと望んでいた姿だ。

志緒の手を取り、指を絡めた。

少し驚いたそぶりを見せたのは一瞬のことで、すぐに細い指先はぎゅっと嘉津村の手を握りかえしてきた。


嘉津村のマンションを訪れるのは二度目だった。一度目は志緒に寝具を与えてくれるためだったが、あれ以来、意図して近づかないようにしていたのだ。

心のどこかで、次に来るときは、嘉津村と肌をあわせるときだと感じていたせいかもしれない。

「シャワー使うだろ？」

「……はい」

以前のことが頭にあるらしく、嘉津村は意味ありげな顔をする。今日はシャワーを中止の理由にはさせない、ということだろう。

志緒はバスルームを借り、全身をくまなく洗いあげた。

用意されていたのは嘉津村のシャツだ。どうせすぐ脱ぐことになるのに、このあたりは雰囲気の問題らしい。

髪を乾かして出ていくと、嘉津村はリビングで濃いめの水割りを飲んでいた。そういえば彼は向こうではほとんど飲んでいなかったはずだ。

隣に座り、志緒のためのグラスに手を伸ばした。こちらは薄めに作られていた。

「あの……ありがとうございます」

「それはなんに対して？」

「いろいろです。本当に、いろいろ……。今日のこともだし、いままでのこともだし……あと、ずっと待っててくれたこととか」

「確かに、かなり待ったな」

くすりと笑い、嘉津村は志緒の肩を抱きよせた。

ほんの少し口を付けただけのグラスを奪われ、ことりと音を立ててテーブルに戻される。唇に軽くキスが落ち、志緒が目を閉じて身を任せると、深く唇が結びあわされた。

濡れた音がかすかに聞こえる。唾液《だえき》がまじりあうようなキスをしたのも、志緒は嘉津村が初めてだった。

ぼうっとしてくるくらいに貪られ、自然なしぐさで寝室へと促された。

足下がふわふわとしていて、自分の足で歩いているはずなのに、どこか現実感が薄かった。

寝室は薄暗く、スタンドの間接照明だけが灯《とも》っていた。

ベッドに並んで座ると、嘉津村はふたたびキスをし、膝から剝《む》きだしの腿《もも》へと手を滑らせた。ざわりと肌が騒ぐ。

「んっ……」

足の付け根を撫でられ、舌先を吸われた。

名残惜しそうに唇が離れていき、嘉津村がそっと志緒をベッドに横たえた。

シャツのボタンが丁寧に外されていく。心臓が壊れるんじゃないかと思うくらい、鼓動は速まっていた。

「やっぱりきれいだな。全部舐めたい」

言いながら、嘉津村は志緒の首に唇を落とした。

手で肌を撫で、唇や舌であちこちにキスを降らせる。うっとりするほど気持ちがよくて、志緒は目を閉じた。

「お預けが長かったんで、ちょっとがっつくかもしれない。でも絶対傷つけたりはしないって約束するよ」

かすかに頷いて、感覚に身をゆだねた。

胸をしゃぶられ、同時に手で下肢を弄られて、さっきまでとは違う種類の快感に志緒は悶《もだ》えるしかできなくなる。

「あっ、ぁ……」

胸の突起を軽く嚙まれて、じわんと痺《しび》れるような感覚が肌の上を走った。下肢を指先でやわやわと揉《も》まれると、身体中に力が入らなくなってしまう。

与えられる快感は、思っていたよりも強烈だった。

キスが胸から離れ、下へと少しずつ移っていき、弱いところをさんざん吸った。

そしてさっきまで指で弄っていたところに辿《たど》りつくと、志緒が身がまえる前に、ざらりと舌先で舐められた。

「ひぁ……っ、あ……ん」

腰から溶けてしまいそうな気がした。無意識に指先を嘉津村の髪に差しいれ、感じるままにかき乱した。癖のあまりない彼の髪は、どんなに崩してもきっとすぐに元に戻ってしまうだろう。

自分のものとは思えない甘い声を、恥ずかしいと思う余裕はなかった。

身体が熱くてたまらない。深いところにある熱は疼《うず》きをともなって、どんどん激しくなっていく。

悶える志緒をそのままに、嘉津村は用意してあったジェルを指に掬い、充分に温めてからそっと最奥を撫でた。

ひくんと後ろが反応するが、かまうことなく指先でそこを撫で続ける。

少しずつ解《ほぐ》して指先を入れ、何度もジェルを足してから、嘉津村はその長い指を深く差しいれた。

「うん……っ」

異物感に、志緒は目を瞠った。

自分のなかに入っているものが嘉津村の指だと気づき、どうしようもない羞恥に駆られる。指が蠢《うごめ》くたびに、自然と眉根が寄った。

「痛いか？」

志緒はかぶりを振った。

動かされているうちに異物感は和らいだが、それも束《つか》の間《ま》で、また指を増やされた。

広げられ、前後に動かされ、そこがひどく熱くなっていく。

同時に前を刺激されて、感覚はぐちゃぐちゃに入り乱れ、志緒は自分がなんで声を上げているのかもわからなくなった。

気持ちがいいのかそうじゃないのかも、はっきりしない。

確かなのは、嘉津村と繋がりたいと思っていることだ。そのためだったら、痛くてもかまわないと思えるほどに。

「嘉津村さん……もう、いい……から」

声は懇願まじりだというのに、嘉津村は聞いてくれない。

それからさんざん後ろを弄られ、三本の指が楽に動くようになってから、ようやく嘉津村は指を引き抜いた。

顔を見たいからと言われ、向かいあったまま嘉津村を受けいれる。

腰が浮くほどの体勢で、ゆっくりと身体は繋がれていった。

「あっ、あ……」

じりじりと身体が開いて、嘉津村が入ってくる。痛いというよりは苦しくて、志緒はシーツに爪《つめ》を立てた。

ひそかに絶対無理だと思っていたのに、たくましい嘉津村のものは時間をかけて確実に志緒のなかに入ってきた。

ほろりと涙がこぼれた。どうして泣いているのか自分でもよくわからなかった。

長い指先が涙を拭う。優しいそのしぐさに胸が衝かれた。

「動い……て」

微笑んで嘉津村に手を伸ばすと、その手を背中に導かれた。

身体を揺さぶられ、突きあげられて引き出されて、志緒はぐちゃぐちゃにされながら、嘉津村の下で声を上げた。

どのくらいそうして貪りあっていたのかはわからない。言葉はなかった。ただひたすらに身体を与えあい、熱を分かちあって、ひどく満たされていた。

気持ちがいいと感じるのは、きっと気持ちのせいだ。慣れない身体は、心に引きずられて快感に震えているのだ。

「ぁあっ……」

頭のなかが真っ白になり、志緒は自分の欲望が弾けるのを知った。

そのあとで、奥深い部分に嘉津村のものが吐きだされるのを感じた。

力が抜けて落ちそうになる腕を、必死に広い背中に留《とど》め、せいいっぱいの力でぎゅっと嘉津村を抱きしめる。

ふと笑ったような気配がして、志緒は息もできないほど唇を奪われた。

「引っ越しするぞ」

いきなりそう言われたのは、ほんの五分ほど前だった。

今日は朝から柘植に呼ばれ、オフィスで仕事を命じられ、慣れない作業に四苦八苦しつつ、ようやくついさっき、帰ってよしの言葉をもらったところだった。すでに外は真っ暗になっていた。

そうしてオフィスビルを出てきたら、なぜか嘉津村が待ちかまえていたのだ。

今日は車だった。

「引っ越しって、嘉津村さんが？」

「志緒が」

助手席に押しこまれ、わけがわからないうちに車は走りだした。

「あ……これから不動産屋に行くってことですか？」

そろそろ家を決めねばと思っていたところだったし、忙しくなければ付きあってほしいとも言ってあったから、てっきりそれが果たされるのだと勝手に納得した。

だが着いたのは、嘉津村のマンションだった。

「ええと……？」

嘉津村の家は一人暮らしなのに４ＬＤＫだ。小説家としていきなり売れた直後、若さとテンションに任せて考えなしに買ってしまい、無駄な広さだったとあとで気づいたという代物だ。その一室、いままでまったく使っていなかったところに、志緒はぐいっと押しこまれた。

驚きに志緒は目を瞠った。

室内にはシンプルなデスクと椅子、本棚とコンポがあった。本棚には、いままで店の倉庫部屋に積んであったものが収められているし、デスクには志緒が使っているパソコンと厚い紙の束が置いてある。作りつけのクローゼットには、志緒の服だ。

「ここ……」

「志緒の部屋。君が到着して、引っ越しは完了だ」

「お、俺……ここに住むんですか？」

「そう。家賃はいらないから、掃除を頼むよ。必要なものは全部揃ってるはずだから」

言われて、志緒は室内を見まわした。壁には絵、窓際には観葉植物、フロアスタンドまで揃えられている部屋は、インテリア雑誌を見ているようにきれいだ。

だが違和感があった。

「あ……ベッド」

完璧《かんぺき》に思える部屋なのに、なぜかベッドがないのだった。布団を敷くのだろうかと思ったが、それらしきものもない。

「あ、エアベッド？」

「こら。マジボケか？　寝室はこっちだ」

手を引かれ、隣の部屋に連れていかれた。

確かにそこは寝室だった。さっきの部屋と同じくらいの広さの空間に、大きなベッドが一つ置いてある。ダブルより大きなものだ。

「あ……あの……」

「あっちは勉強部屋だ。寝室を分けるなんて寂しいこと言うなよ？」

後ろから抱きすくめられ、耳に息がかかった。びくっと身体が震えたのは、感情的な意味ではなく、官能が刺激されたからだ。

「それと、引っ越し祝い」

嘉津村は志緒の部屋に戻ってデスクに近づくと、置いてあった紙の束を手にした。プリンターで打ちだしたものらしく、縦書きに文字が並んでいた。

「あっ、これ……！」

小説だ。タイトルもなにもないが、最初のほうをざっと見ただけで、それくらいのことはわかる。かぎ括弧も見えたし、間違いなくそうだ。

「俺こそずいぶん待たせちゃったよな。一番最初に、読んでくれるか？」

「い、いいんですかっ？」

「ああ」

「どんな話なんですか？　ミステリー？」

「んー、まぁざっくり分けるとそうだな。あとは読んでのお楽しみだ」

ふっと笑い、嘉津村は志緒の首に顔を埋める。

「すごい引っ越し祝い……」

「だろ？　感謝の気持ちは、カラダでくれると嬉しいな」

「……考えときます」

相変わらずの嘉津村に笑みを返し、志緒は大きなクリップで留められた紙の束を、皺《しわ》にならないようにぎゅっと抱きしめた。

純愛と欲望

他言無用……という条件付で、辰村克己《たつむらかつみ》の新作はバー〈柘植《つげ》〉の常連客の手元に渡った。もちろんまだ本の状態ではない。

読んだ人たちは皆、一様ににやにやしていた。

「うん、なんていうか……あれだね。愛が詰まってたね」

南《みなみ》の言葉に、志緒《しお》はカーッと顔を赤くした。それを横目に見ながら、やはり読破した犬坂《いぬさか》がうんうんと頷《うなず》いてから続いた。

「主人公の幸貴《こうき》って、しーちゃんだよね」

「だよね、だよね」

布施《ふせ》も声高に参加してきたし、真由子《まゆこ》も弓岡《ゆみおか》からも、それ以外の客からも否定の気配は伝わってこなかった。

「う……」

志緒はわけもなく恥《は》ずかしくなる。別に志緒自身の言動や性格が投影されているわけではないのだが、ひどく恥ずかしかった。

そんな志緒をよそに、常連たちは盛りあがりのままに話を続けた。

「なんとなく、しーちゃんをイメージして読んでみたよ」

「俺もー」

「でさ、カフェのマスターって、柘植さんだよな？」

「絶対そうだろ。そこはもうガチすぎて、読んでるあいだ、セリフが全部柘植さんの声で聞こえちゃったよ」

「あとは微妙に仕事とか変えられてるよね」

「あのチャラい音楽プロデューサーって、南くんよね？　結構オイシイ役じゃなかった？」

「自分でもそう思うー」

南はご満悦だ。物語のなかで、立ち位置や言動が南を匂《にお》わせる登場人物は、出番こそ少なかったが、重要なヒントを主人公に与えていた。

そう、内容はミステリーで、主人公が事件を解決するわけだが、彼がたった一人で解決するわけではない。主人公に突出した能力はなく、周囲を取り巻く魅力的な大人たちに手を貸してもらうことで、解決に至るのだ。

メインキャラクターたちが集まるのは、客を拒絶するようなわかりにくい場所にある、こじゃれたカフェ。なぜか選ばれた人しかたどり着けないという、ほんのりファンタジーな設定で、そこには様々な職業、立場の人物が入りびたっている。様々なタイプの大人たちは、主人公をからかったり宥《なだ》めたりしながら、ヒントとひらめきを与え、ときには実際に行動もする。

小説自体はとてもおもしろかったし、キャラクターも魅力的だった。素直にそう思ったからこそ、志緒は落ち着かない気分になる。

一度うつむくと、なかなか顔は上げられなかった。

（読んでから言われてよかったよ……）

主人公のモデルは君だよ、なんて、読む前に言われていたら、とてもじゃないが物語を楽しめなかっただろう。

皆が盛り上がっているように、嘉津村《かつむら》は志緒を始めとし、柘植やバーの常連をモデルにした新作を書きあげた。カフェのマスターは「穏やかな物腰で色気のある謎めいた男」なのだから、柘植そのものだとしか思えない。そして客たちも、なんとなく誰かを彷彿《ほうふつ》とさせる言動があったり、それらしい立ち位置だったりする。

その点、主人公は志緒とタイプが違うから、少しは気が楽だ。志緒は好奇心旺盛《おうせい》というわけではないし、成績はいいが聡明《そうめい》とは言いがたい。勘当はされたが、自分が孤独だと思ったこともない。店にいる一番の若者という立ち位置を当てはめたんだろうと志緒は思っている。

「でもやっぱ、愛の度合いが違ったよねぇ」

いきなりまた話が志緒のところへ戻ってきた。同時に視線もだ。油断していたところを不意打ちされ、挙動不審になってしまった。

「いや、あれは違いますって」

「どこが」

「容姿も性格もです。社会人ばかりの店に、ぽつんと紛《まぎ》れこんだ学生……って感じでモデルにしただけですよ」

「んー、でもさぁ……まずビジュアルとタイプからして、しーちゃんじゃん？」

「だよな。細身の平均身長で、繊細そうできれいな顔立ちで、品がある……でしょ？」

「だからそれが……」

「まんまじゃん」

けろりとした顔で南が言い放った。横で犬坂がなぜかVサインを出していた。わかりにくいが同意見だということらしい。

「どっかに透明感とかいう言葉、なかったっけ」

「あったあった。涼しげな声とか」

次々と作中の表現が出てきて、非常にいたたまれない。

志緒は両手のひらに顔を伏せてしまった。

文句を言いたい相手は、いまはここにいない。あとで迎えに来てくれることになっていて、この上は一刻も早く来てはくれないかと懇願したくなった。

あの恋人は志緒になんの夢を見ているのだろう。恋愛フィルターというものは、そんなにも強烈な変換装置がついているのだろうか。

（意外と冷静じゃないよね……）

その点、志緒は冷静な目を失っていないと自負している。現に恋人への評価は、世間のそれと大差ない。

志緒だけが知っている内面的な部分はともかくとして——。

「でもさ、映画化のとき、誰になるんだろね」

「え？」

意外な単語を耳にして、恥ずかしさも忘れて顔を上げた。

そんな話は聞いたことがなかった。そもそもまだ出版すらされていないのだ。新作が出ることは公表されているから、気の早い関係者が動いていないとは言いきれないが。

「もうそんな話、出てんの？」

「いや、まだだと思うけど、そのうちなるでしょ。映画とドラマ、両方やりそうな気がする。嘉津村さんのって、いくつも映像化されてるじゃん」

「もしかしたら、主人公は女に変えられちゃうかもよ」

「あー、ありうる。そういうパターン、ほかの作家ので見たことあるわ」

「女っ気少ないもんな。旬のアイドル女優とか、持ってくるかも」

「それはそれでいいような気がしてきた。イメージあわないイケメンくんをキャスティングされちゃうよりはさ」

「そうかも」

常連たちは大いに盛りあがった。仮定の話でしかないが、酒の肴《さかな》にするにはちょうどいいのかもしれない。

若手俳優や女優の名前が次々と挙がっては、様々な理由で却下されていく。志緒でも知っている名前もあれば、まったく知らない名前もある。客の一人がある俳優の名を挙げれば、別の客が却下するといった具合に、抱くイメージは人それぞれだと実感した。

「橋本《はしもと》あかり……じゃ、歳いきすぎてるか？」

「最近ちょっと、ぱっとしないわよね」

犬坂がなんの気なしに挙げた名に、真由子が反応した。そしてなぜか、南や布施は微妙な顔をして黙りこむ。

「なに……？　どうか……あ……」

怪訝《けげん》そうにして彼らを見た真由子は、なにかを思いついたように目を瞠《みは》り、ちらりと気遣わしげに志緒を見た。

この場で意味がわかっているのは、おそらく三人だけだ。

「あの……？」

「あ、いや大したことじゃないよ、うん」

「隠すことでもないから言っちゃうけどさ。もう四年くらい前……かな。橋本あかりって、嘉津村さんが原作の映画に初主演してさ。嘉津村さんに会って、ベタ惚《ぼ》れしちゃったわけさ。ちょっとだけ噂《うわさ》にもなってた」

初耳だった。志緒は芸能情報に疎《うと》いし、四年前といえば受験で頭のなかがそれ一色だった時期だ。

いくら好きな作家のこととはいえ、作品以外のことにまで意識がまわる状態ではなかった。

「完全に一方通行だったみたいだけどな」

「じゃ、当時の記事って嘘？」

「普通に熱愛報道が出てたよね？」

「スタッフとかと一緒に、食事しただけらしいよ。知りあいのヘアメイクが、そのとき関わっててさ。直接聞いたから間違いない」

「へぇ」

よくある話なのか、皆の反応はあっさりしていた。志緒にしてみれば、そこから熱愛に持っていく強引さは、充分驚きに値した。

「嘉津村さんがメディア露出NGなのって、そのへんも影響してんのかね」

「それは最初からのスタンスみたいだけど、それで余計に……ってのはあるかもな。……って、あーごめんな。こんな話、いやだよな」

南がひとく気遣わしげだが、志緒としてはどう反応したらいいものかと困っていた。そもそも四年の前のことだし、嘉津村は相手にしなかったという。おまけに問題の女優は名前を言われても顔が浮かんでこない。

「気にしてないから、大丈夫です。かえって気を遣わせちゃってすみません」

「いやいや」

「それより、マスター役を皆さんがどう考えてるのか気になってるんですけど……」

「あー、そこはね、やっぱ大事だよね」

なかば強引に話を元に戻し、ああでもないこうでもないと、配役について大いに激論をかわしていく。ここで話しあったからといって、どうにかなるものでもないのだが、共通の話題で全員が盛りあがっていることが楽しかった。

現在、話題の中心ともいえる柘植は、今日は来ないと聞かされている。会食の予定が入っているので、そのあとで飲みに行く流れだろう。

「……があと二十歳若かったら、ぴったりなのにー」

六十代の俳優の名前を真由子が挙げると、ああーと納得の声が聞こえた。

「それいい。いっそ設定年齢上げて、そうしちゃえって感じー」

いままでで一番店が盛り上がっているなか、ようやく志緒の迎えがやってきた。嘉津村の登場に、客たちはわっと歓声を上げた。

「やっと来たー」

「辰村センセー！　約束通りモデル料に奢《おご》ってー」

「もちろん」

「やった」

南や布施、犬坂が早速酒を取りに行く。それを唖然《あぜん》としつつ見送ってから、志緒は嘉津村をまじまじと見つめた。

志緒の戸惑《とまど》いをよそに隣に座った嘉津村は、もの問いたげな視線に気づいて、「どうした？」とでも言わんばかりの笑みを向けた。

わかっているはずなのに、あえてステップを踏ませようとしている。

「い……言ってあったんですか？」

「うん。一応ね、許可を取ったんだ。もちろん柘植さんにも」

「お、俺だけ……」

そう、志緒だけ知らなかった。最初に読んだのは確かに志緒だろうが、嘉津村が新作を書いていることを自分だけ知らされていなかったというのは、少なからずショックだった。自分が一番でありたいという、我儘《わがまま》な欲求だ。

「ごめんな。でも驚かせたかったんだ」

嘉津村はごく自然に、ちゅっと唇をあわせた。

キスでごまかそうとしているのが、さらに志緒を拗《す》ねさせた。自分でも子供っぽいと思う。思うが止められない。

「拗ねないでくれ」

「……拗ねてません」

いや、確実に拗ねていると自分で突っこんだ。もしかして酔っているのかもしれない。だから自分の気持ち一つ、コントロールできないのだ。

甘えだとわかっている。いままで志緒は親にさえ、どこか遠慮がちだった。柘植には頼りきってしまったし、それなりに心も開いていたとは思うが、嘉津村にするように寄り添わせることはできなかった。

だからなのだろうか。これまでの反動だとでもいうように、志緒は子供じみた感情に振りまわされている。

「もっと拗ねればいいのに」

「そこっイチャイチャしない！」

びしりと差された真由子の指先は、桜貝のようにきれいな爪《つめ》だったが、短めに形よく切りそろえられていた。さすがは医者だと感心する。週一でテレビに出ていても、ちゃんと医者としての本分は怠《おこた》っていないようだ。

「えーいいじゃん。真由ちゃんセンセー、羨《うらや》ましいなら俺とイチャイチャしよー？」

「羨ましいのは確かだけど、イヤ。するなら南くんとする」

「そんなチャラ男がいいのーっ？」

「いや、俺はチャラ男じゃないからね、布施さん。確かに見た目はちょっと派手かもだけどっ、それは商売柄ってのもあるから」

ふられた布施に絡まれた南は律儀に反論し、さらに隣へ移動してきた真由子をあしらうのに必死になっている。

盛り上がっているというよりは、混沌《こんとん》としてきた。

「行くか。じゃ、お先に」

最初から長居するつもりがなかったのか、それとも巻きこまれたくなかったからなのか、言いながらもう嘉津村は立ちあがっていた。

志緒も異論はないので従った。

「え、もう帰っちゃうの？」

「来たばっかじゃん。もっと話、聞かせてよー」

「志緒が拗ねてるから、慰《なぐさ》めないとね」

嘉津村は志緒の薄い肩を抱き、こめかみにキスをして、意味ありげな笑みを浮かべた。この店だからできることだ。

反応はそれぞれだ。にやにやしている者、うんざりとした顔をしている者、いくぶん呆《あき》れた表情を浮かべている者。

「お腹いっぱい」

「がんばってね、しーちゃん。腰とかいろいろ、お大事に」

「だからそれ、セクハラですからっ」

南に一声吼《ほ》えて、志緒は店を後にした。まったく酔っぱらい連中は質《たち》が悪い。南は素面でもああだから、余計にそうだ。

二つの扉をくぐって、しんとした廊下へ出ると、自然と息がもれた。

「ものすごいテンションだったな」

「新作のことで、盛り上がってたから」

「ああ……」

嘉津村はくすりと笑い、階段を下りていく。エレベーターもあるが、彼が使っているところは見たことがなかった。

外へ出ると、冷たい風が頰《ほお》を撫《な》でる。厚いコートを着る季節は過ぎたが、夜になればまだ寒いと感じる日も多い。特に今日は冬に逆戻りしてしまったんじゃないかというほど寒くて、無意識に首を縮めていた。

「車で帰る?」

「嘉津村さんが時間大丈夫なら、歩きたいです」

「じゃ、ゆっくり行こう。寒くないか?」

「平気です」

暖かい場所から出たばかりだから縮こまってしまったのであって、慣れてくれれば大丈夫だ。徒歩二十分も苦ではない。むしろ嘉津村と並んで歩けるのが嬉《うれ》しかった。

皆との別れ際に言っていたのは、やはり言葉遊びだったらしい。嘉津村は志緒を抱きたくて帰るわけではないのだ。

「桜のつぼみ、だんだん膨《ふく》らんできたな」

歩いているとときおり桜の木があったりして、嘉津村はいちいちそれらを気にしていた。花見でもしたいのかもしれないし、情緒的なものから来ているのかもしれない。

木によっては、つぼみが赤みを帯び始めているものもあった。春の訪れは、いろいろなものから感じられた。

学生でいられるのも、あと少し。一ヵ月もしないうちに、柘植フードサービスの社員という立場になるのだ。

少しだけ重たい荷物が目の前にあるような気分だ。なのに楽しみで、自分がようやく大人になれるような期待感もあった。

「このくらいの季節って好きなんです。嘉津村さんは、いつくらいが好きですか?」

志緒はまだ嘉津村のことをほんの少ししか知らない。お互いにそうだ。だからわずかずつでも、白いページを埋めていきたいと思っている。

「俺は春の、もう少し暖かくなってきた頃かな。窓開けて、ぼやーっとしてるのが好きなんだよ」

「えー、意外」

「最近はなかったけど、原稿の合間にね、頭を空っぽにするのが好きだった」

しんみりとした雰囲気が微塵《みじん》もないのは、彼が昨日すでに新作を書き上げたからだろう。書かないでいた時期に同じことを言ったのならば、きっと違うニュアンスになっていたはずだ。

読み手としても、恋人としても、嘉津村がまた書こうと思ってくれたことは喜ばしいことだった。

「本が出るのって四月の下旬ですよね」

「ああ」

「初任給で買います」

にっこりと笑うと、嘉津村は面食らった顔をした。

「いや、そんなことしなくても献本が来るぞ」

「じゃなくて、自分で買いたいんです。だって初任給ですよ。記念になるもの、買っておきたいなと思って」

あとは嘉津村を食事に誘い、鏡子《きょうこ》にもなにかプレゼントを買おうと思っている。柘植にもなにかしたいのだが、上司でもあるのでどうしたものかと考えているところだ。ちなみにアルバイト代とは別に考えている。

「初任給か……」

「はい。まだ入社もしてないのに、気が早いかな」

「そうか、もうすぐ入社だな」

「ええ。残り一ヵ月もないですけど、学生最後の休みだから満喫《まんきつ》します」

とはいえ具体的な計画があるわけではなかった。気分の問題だ。

ゆっくりと二十分ほどかけて歩いて帰宅を果たすと、嘉津村はやることがあるからといって書斎に行き、志緒はキッチンで朝食の仕込みをした。明日は和食にしようと、米を洗って炊飯器にセットし、買っておいた魚に軽く塩を振っておく。

それから入浴を終え、本を手にベッドに入った。

ようやく新しい生活にも慣れてきたが、最初はいろいろと戸惑《とまど》った。それまでの暮らしが暮らしだったから、いちいち新鮮だった。

嘉津村のマンションは広くて造りも贅沢《ぜいたく》で、窓から見える景色も申し分ない。店の倉庫はそもそも住むための部屋ではなかったし、窓もなかった。あのときは不満など感じなかったけれども、一度こんな贅沢を覚えたら、戻るのは難しそうだと思った。

「ベッド……こんなだし」

嘉津村の身体にあわせたロングタイプで、幅だってダブルサイズよりも広い。志緒も一緒に眠っているが、もう一人くらいは問題なく眠れるんじゃないかというほど余裕があった。もっとも二人して中央に寄り添っているから、両端はいつだって空いているのだが。

志緒の部屋には相変わらずベッドがない。もしどちらかが風邪でもひいた場合に、ベッドはもう一つ必要だと主張したのだが、いまのところ受けいれてくれる気はないようだ。

大きすぎるベッドに一人で入り、志緒はしばらく本を読むことにした。嘉津村は書斎で仕事中だ。いつ切りあげてくるかはわからないので、待つことはしない。そうして欲しいと言われているし、下手に待っていたら、かえって嘉津村の負担になってしまうからだ。

寝そべって今日買ったばかりの文庫を開くと、ぱらりと折りこみのチラシが落ちた。

「あ……」

踊っている文字に、思わず表情が緩んだ。

辰村克己、待望の新作――。いよいよ発売日がこうして目に触れる形になった。もっと前から発売は声高に宣言されていたが、具体的ではなかったのだ。

「少し、詳しく載ってる……」

チラシには内容が数行で説明されていた。

主人公は十代後半であること。彼が聡明で大人びた、少しだけ孤独な青年であること。そんな彼が、迷いこんだ不思議なカフェで、個性的な客たちと出会い、近いところで起きた事件を解決していくということ――。

これが自分だと思うと恥ずかしくてならないが、切り離してしまえば、発売を待つ楽しみでいっぱいになる。一度読んだものだが、本という形になったものを早く手にしたいと思うのだ。

読書することも忘れてチラシを眺めていると、小さいノックの音が聞こえた。

返事はしないし、嘉津村も待たない。いまのはドアを開けるぞという合図でしかないからだ。

「よかった、まだ起きてたな」

「仕事、終わったんですか？」

「ん？　ああ……仕事というか、ちょっとした調整と確認をしてたんだ」

嘉津村から話を聞くまで、本は小説さえ書き上げてしまえば自動的に出るものだと思っていたのだが、そうでないことはもう知っている。志緒は書き終えて比較的すぐのものを読ませてもらったが、常連客たちが見たのは、校正を入れたあとのものだ。大きな変更はないと聞いているが、細かいところは変わったらしいから、そういった意味でも本として読むのは楽しみなのだ。

嘉津村はベッドに腰かけると、志緒の手から文庫本を取り上げて、かたわらに置いた。

「就職する前に、旅行しないか」

「旅行……ですか？」

「そう。取材とは関係なしで、プライベートのね。就職したら、しばらくはまとまった休みは難しいだろ？　大型連休なんかは混むし」

確かにそうだ。いまはまだアルバイトだから時間はあるが、春からはそうも言っていられない。いくら嘉津村の担当であっても、広報課に入る以上はそれ以外の仕事もするはずなのだ。

「どこか、行きたい場所があるんですか？」

「伊勢《いせ》」

即答だった。もう少し考えたり迷ったりするものとかまえていたから、志緒は面食らってしまう。

「え……と、伊勢神宮？」

伊勢と言われて思い浮かぶのはそれくらいだった。意外なチョイスに、志緒はどう反応したらいいのかわからなかった。

「実は一度も行ったことないんだよ。で、一度は行ってみたいと思ってたんだ。パワースポットってやつだしな」

「あれ、そういうのに興味あったんですか？」

「ないと言うか、あると言うか……。パワースポットに興味はないけど、そういうふうに言われてる場所で、いくつか行きたいところはある、って感じかな。高千穂《たかちほ》にも行ってみたいしね」

「ああ……」

「たぶん、そのあたりはどこも柘植グループの店がないから、自力で行く以外ないと思うし」

いずれ名古屋は指定されると思う、その際に伊勢に立ちよれるかはわからない。だったらいまのうちに、と嘉津村は考えたのだろう。

「何日くらいですか？」

「一週間から、十日ってとこかな」

「え、そんなに？」

「せっかくだからね。伊勢だけじゃなくて、そこから和歌山に行くのもいいかな……と。熊野古道《くまのこどう》とかね」

具体的な計画はまだ立てていないようだ。あるいは気分で行き先を決めるつもりなのかもしれない。それはそれでおもしろそうだった。

「でも、桜が咲いたら京都ですよ？　次の取材先、もう決まってるんです。時期も、かなり近くなると思いますけど」

開花時期がもっと絞れてから日にちは決定されるが、立て続けになることは間違いないだろう。あとは志緒の立場が、アルバイトか正社員かの違いだ。

「わかってる。けど、せっかく調整もついたしな。君さえよければ、こっちは問題ないよ」

「俺も問題ないですけど……っていうか、楽しみです」

嘉津村との旅行自体がまだ一度しかないのだしプライベートでは初めてだ。心が沸《わ》き立つのは当然だろう。

「よし、じゃあ念願の温泉にも行かないとな」

「念願なんですか？」

そんなに温泉が好きなのだろうか。少し意外だ。それに彼ほど時間と金に余裕があるなら、いくらでも行けるような気もする。

疑問はあっさりと解決した。

「志緒との温泉が、って意味だよ。前も言ったろ？　専用露天風呂がついてる宿がいいな。あとは料理がうまくて、景色のいいところ」

「調べますね」

急いでパソコンを立ち上げようとすると、嘉津村が軽く肩を押さえてきた。

「俺がやるよ。手配も全部任せてくれ」

「お手伝いすること、ないんですか？」

「そうだな。体調を整えておくことくらいかな」

それは手伝いではないだろうと思ったが、嘉津村が並々ならぬ意欲を見せるので、ここは引き下がることにした。彼は好きなように旅を作りたいのかもしれない。

こうして志緒にとって学生最後の、そして嘉津村とは初めてのプライベート旅行が決まったのだった。

旅の初日は、移動で終わった。

そもそも家を出たのが昼すぎなので、名古屋経由で伊勢に着いたのは五時をまわっていた。観光は明日からと決めている。

嘉津村が選んだ宿は、海辺にある温泉宿だ。目的であるはずの伊勢神宮からは離れているのだが、露天風呂付の部屋にこだわった結果らしい。いかにも高そうな宿は、志緒だったら気後れして選ばないところだった。ちなみに今回は離れの部屋を諦めたそうだ。

建物は新しめで、純和風といった趣《おもむき》はないが、とてもきれいだ。案内された六階の部屋は広く、踏み込みに次の間もある。そしてベランダ……というよりもテラスのようなところに専用の露天風呂があるようだ。

「ようこそお越しくださいました」

部屋を担当するらしい年配の仲居がきれいに頭を下げ、つられて志緒も慌てて会釈した。慣れないので、どぎまぎしてしまう。

それから仲居はお茶をいれ、夕食の時間を聞いて退室していった。七時で頼んだので、その少し前から準備をしにやってくるという。

「部屋で食べるんですね」

「ああ。朝も部屋食だ。そのほうが気楽だろ？」

「はい」

あらかじめ置いてあった茶菓子と一緒に煎茶《せんちゃ》を飲んでから、志緒は露天風呂を確かめるために立ちあがった。

浴槽は二人くらいで入っても充分な大きさがあり、床にも天井にもふんだんに木が使われている。海は近いのに、波の音はかすかにしか聞こえなかった。

「露天というか……壁のない大きな内風呂……だな」

「でも角だし、開放感はすごいですよね。あ、よく見たら窓があるんですね」

いまは開け放たれているが、大きなガラス戸がついている。あまりにも寒かったり風が強かったりするときには、閉ざしてもいいらしい。

景色のなかに建物はない。見えるのは、ほぼ海だ。これなら開放的な風呂であってもどこからか見られる心配もなさそうだ。

「海に日が沈むところ、見られるんですね」

西の空はすでに色づいている。波は穏やかで、船の一艘《いっそう》も見えない。ただゆっくりと沈んでいく太陽があるだけだった。

思えば夕日を眺めるなんてことをするのは、小学校のとき以来だ。

「まだ晩メシまで時間あるし、風呂に入ってくれば」

「嘉津村さんは？」

「お、一緒に入ろうっていうお誘いか？」

「ち……違いますっ。お先にどうぞって意味です……！」

顔が自然と赤くなるのを感じる。初めて身体を繋いでから今日まで、いくども抱かれて身体は慣れつつあるが、気持ちはまだそこまでいっていない。一緒に入浴したことはあるものの、いずれも意識があやふやなときばかりだった。

嘉津村はくすりと笑って軽く志緒の肩を叩いた。

「せっかく夕日を見ながらの風呂なんだ。楽しんでおいで」

そう言った嘉津村はまだ入る気がないらしく、座卓についてテレビを見始めた。夕方の情報番組に決めたようだ。

志緒はお先に、と告げてバスタオルや浴衣を用意した。

次の間の奥に小さなスペースがあり、ここが脱衣所の代わりになるようだ。嘉津村がいる場所からは見えないが、テレビの音ははっきりと聞こえた。

手早く衣服を脱いで、テラスへと出る。正直言って寒いが、手早く身体を洗ってから木の香りが立つ浴槽に浸かった。

ふぅと息がもれた。湯の温度は若干温めだが、長く入るにはちょうどよさそうだ。

さっきよりも傾いた太陽を見つめ、染まった空をただ眺めた。こんな余裕ができたことが、いまでも信じられない。

嘉津村に出会い、仮ではない居場所を与えてもらい、諦めていた同性への恋愛感情を受けとめてもらっている。それは志緒にしてみれば奇跡みたいなことだ。去年の夏は打ちひしがれていて、希望なんて抱きもしなかった。

しばらくぼーっと夕日を眺めていると、カラリとガラス戸が開く音がした。

「あれ……？」

「ああ、ちょうどいい感じだな」

嘉津村は服を着たまま、浴槽の近くまで寄ってきた。五畳ほどはある専用風呂には、ウッドチェアまで置いてあり、迷うことなく彼はそこに座った。

「本当に入らないんですね」

「メシを食って、ちょっとしたら……な」

「夕日を見に来たんですか？」

「いや、夕日を見ながら風呂に入ってる志緒を見に」

「は……？」

思わずまじまじと嘉津村を見つめてしまう。確かに普段は見られないものだろうが、わざわざ見に来るほどのものでもないだろうに。

「ほら、ちゃんと見てないと、沈みきっちまうぞ」

「あ」

急いで視線を戻すと、太陽はいまにも水平線に隠れてしまいそうだった。ここまで来ると動きが目に見えてわかる。光は細くなって、すぐに見えなくなった。もちろん空はまだ赤く、暗いと感じることもない。

「なんか……いいですよね」

「そうだな」

「って……、本当に見てました？」

ちらりと目をやると、しっかりと目があった。もしかすると、嘉津村は夕日を見ずに志緒を見ていたのかもしれない。

嘉津村はデッキチェアを動かして、浴槽に近づけた。志緒がいる位置の、ほぼ真後ろだ。

「あんまり近づくと濡れちゃいますよ」

「そうしたら着替えるよ」

デッキチェアと浴槽の距離は十センチくらいしかない。志緒が乱暴に動いたら、湯が跳ねたりあふれたりして、濡らしてしまうだろう。デッキチェアは濡《ぬ》れても問題ないだろうが、嘉津村の服はいけない。

「志緒」

「はい？」

振り向くと、そのまま顎《あご》を掬《すく》われた。声を出す間もなく唇を塞《ふさ》がれて、温泉で火照《ほて》っていた身体がさらに熱くなる。

志緒が膝立《ひざだ》ちになったところへ、嘉津村は乾いた手を伸ばす。

「んっ」

胸を指先でいじられ、びくりと身体が震えた。

湯の表面が波立ち、縁からこぼれていく。服を濡らしてはと、志緒は浴槽の縁にしがみつくようにして耐えているというのに、やわやわと胸をもむ手は止まらない。

そこで感じるようにしたのは嘉津村だ。だからどこをどうすれば志緒が乱れ、喘《あえ》ぐかを誰よりも知っている。おそらく志緒自身よりもだ。

「は……っぁ、だめ……濡れちゃ……」

気になって意識が逸れがちな志緒をもどかしく思ったのか、嘉津村は袖《そで》が濡れるのもかまわずに湯のなかに手を入れ、尻《しり》のあいだをするりと撫でた。

「ぁあ……」

軽くのけぞり、突きだす形になった胸へ、嘉津村は顔を埋めた。そのまま胸の突起をしゃぶられて、志緒は甘い声を上げる。

だが途中で気づいて声を殺した。ほかの部屋にまで聞こえたらと思ったら、とても快感に酔ってなどいられない。

「ん、んっ……」

口を手で覆《おお》って身悶《みもだ》えていると、ふいに嘉津村は身体を離し、志緒をもとのように浴槽に浸からせた。ぼんやりとされるがままになっているうちに、全開だったガラス戸は閉じられ、外からの風も遮断された。

温泉の湯気で、なかの温度は少しずつ上がっていく。くらくらしてきたのは、長風呂のせいもあるだろうが、嘉津村の行為も原因の一つではあるだろう。

このままでは倒れてしまう――と思ったとき、志緒は浴槽のなかから掬いあげられてしまった。

「嘉津村さ……」

服はかなり濡れている。気持ちが悪くないのだろうかと思っていると、デッキチェアの上に下ろされた。

「やっ……」

座らされた途端に、両膝を強引に割られた。恥ずかしいくらい脚を開いた姿にさせられ、志緒はとっさに膝をあわせようとした。

何度抱かれようとも恥ずかしさはなくならない。まして自分は全裸で、嘉津村は服を着ている状態なのだ。

閉じようとしても叶わないまま、中心を口に含まれた。

濡れた声を浴室に響かせ、志緒はアームレストを握りしめた。このためにガラス戸を閉めたのだと、ようやく理解した。

嘉津村は志緒のものを口で愛撫《あいぶ》しながら、指先で乳首をいじる。

愛されることに慣れてしまった身体は、刺激の一つ一つを拾って反応した。

「あぁっ、ん……あん」

最初は場所や状況に抵抗があったのに、それを気にしていられる余裕はなくなった。感じるままに喘ぎ、快楽にとろりと溶けていく。

声が止まらない。ガラス戸を閉めたことで、外へ声が漏れる心配も薄れたから、余計に歯止めが効かなかった。

高められた身体が解放を求めている。

熱くてたまらない。

「やぁ……っ、も……いく……」

追いつめられて、アームレストを握る手に力がこもる。なにかに縋《すが》っていなければ、怖いくらいの快感だった。

促すように強く吸われ、志緒は甘い悲鳴を上げながら達する。

硬直した身体は、すぐに力を失ってデッキチェアにぐったりと沈みこんだ。

濡れた前髪を梳《す》く指が優しい。けれども同じ指が残酷なほどの快楽を紡ぎ出すことを、志緒はよく知っていた。

「寒くないか？」

「は……い」

嘉津村はそれを聞いて安心したのか、軽く志緒の膝頭にキスをし、そのまま内腿《うちもも》を滑るようにして舐めていく。

「ぁっ、あ……ん」

いったばかりの身体は、些細な刺激にも強く反応してしまう。いつものことだが、まるで全身の至るところが性感帯になってしまったようで怖くなる。

脚《あし》のつけ根のきわどいところにもキスをして、嘉津村は最奥に舌先を寄せた。

鼻に抜ける声が漏れた。

恥ずかしくてたまらなくて、つい身体には力が入ってしまうが、嘉津村はなにも言わず根気よく愛撫で溶かしていく。

舌先がくすぐりながら、宥めるようにして強ばりを解き、ときおり先を沈めては、なにかを指先で深く塗りこめる。

さっき志緒が放ったものと、嘉津村の唾液《だえき》がまじったものだ。いまさらながら、口で受けとめられてしまったのだと気づいて、志緒はたまらなくなる。飲まれなかっただけマシだと思うしかない。

長くて男らしい指は、抜き差しを繰りかえしながら、入り口となる場所を擦りあげていく。

最初は異物感でしかなかったものが、徐々に熱と疼《うず》きを帯びた快感へと変わり、志緒の声も濡れた甘ったるいものになっていく。

腰が自然と揺れていた。

後ろをいじられるのは気持ちがいい。よくて、たまらなかった。

指が増やされて、ねじこむようにして入れられては、なかでばらばらに動かされる。ときおりひどく弱いところに当たり、腰が勝手に跳ねあがった。

「ひっ、ぁ……ん、だめ……っ、そこ……やっ……」

志緒はデッキチェアの上でびくびくと震え、腰を捩《よじ》る。だが逃げることはできなかった。無意識に逃げようとする身体を嘉津村は押さえつけ、なおも深く奥をいじった。

すでに志緒は半泣きだ。涙こそ流していないが、泣き声まじりの嬌声《きょうせい》を上げていた。

「相変わらず、狭いな」

でも熱くて柔らかいのだと、官能的な声が囁《ささや》く。

ぞくぞくと背中が痺《しび》れた。耳から犯されることもあるのだと、嘉津村に抱かれるようになってから志緒は知った。

「気持ちいい……？」

「う、んっ……いいっ……気持ち、い……もっと、深……く……して」

身体と一緒に理性もすでに溶けている。普段なら恥ずかしくて言えないことだって、いまなら躊躇《ちゅうちょ》もせずに口走ってしまえるのだ。

潤《うる》んだ目で嘉津村を見つめると、待っていたようにキスをされた。

それから望んだとおりに、嘉津村を受けいれる。自分の膝に手を入れて抱えこむような恥ずかしすぎる格好だって、いまだったら当たり前のようにできた。

「はっ、あ……ぁ、う……」

少しずつ嘉津村は志緒の身体を押し開いていく。彼は決して乱暴なことはしないし、激しい痛みを与えるようなこともしない。少しだけ苦しいが、志緒のなかにはそれを凌駕《りょうが》する喜びがある。そして約束された快感も。

深いところまで嘉津村を迎えいれ、小さく息をついた。

いつもはすぐに動かないのだが、時間を気にしているのか、嘉津村は額にキスを一つ落としてから、ゆっくりと突きあげてきた。

デッキチェアが軋《きし》んでギシギシと音を立て、志緒はひどく乱暴に攻められているような気がしてしまう。普段よりも少し性急なのも、錯覚を起こさせる原因になった。

いつもと違う抱かれ方に、たまらなく感じた。

「ぁんっ……あん」

突きあげながら、嘉津村は志緒の胸をいじり、覆い被さって耳朶《じだ》を甘噛《あまが》みする。弱いところばかりを同時に刺激されて、志緒はあられもない声を上げた。

夢中になって嘉津村の背に手をまわした。服の上から爪を立てたのは無意識だった。

繋がったままデッキチェアから下ろされ、今度は木の床の上で横から穿《うが》たれた。

「あっ、ぁ……深……」

「もっと?」

問われるままに、志緒は頷いた。

深くまじわった状態で、嘉津村はなかをぐちゃぐちゃにかきまわす。

「あぁっ、あ……や、ぁ……ん」

身体が溶け出してしまいそうだ。酔わされて溺《おぼ》れさせられて、志緒は泣きじゃくりながら、内腿を痙攣《けいれん》させる。

「志、緒……っ」

抉《えぐ》るように突きあげられて、頭のなかが真っ白になった。とろりとした濃厚な甘さに満たされて、自然と微笑んでいた。

志緒のなかで嘉津村がいってくれるのが、こんなにも嬉しい。

肩にキスを感じたあと、嘉津村が身体を離した。抜かれていく感触に身震いさせられ、すぐあとで背中から抱きしめられた。

「ん……」

「肩が少し冷たいな」

肌はとっくに乾いていて、確かに表面は少し冷えたらしい。だが身体の芯《しん》はまだ熱くてたまらなかった。

「つぁ……んんっ」

背中から抱きこんだ状態で、なかに指を入れられた。掻《か》きだすための動きに感じてはいけないと思うのに、身体は勝手に快感を拾ってしまう。

愛撫じゃないのに乱れてしまう自分が恥ずかしかった。

まさか嘉津村が故意にあやしい動きをしているなんて、志緒は想像もしていないのだ。羞恥《しゅうち》に苛《さいな》まれる様を見て、喜んでいるなんてこともだ。

優しい恋人の腕のなかで悶えながら、志緒は完全にされるがままになっていた。


浴衣を着たのは、夕食の時間のほんの十分前だった。

ぎりぎりまで嘉津村は志緒の身体——主になかを、きれいにしていたのだ。

身体が熱いのは温泉のせいもあるだろうが、深いところに火を灯《とも》されたせいでもある。疼くような感覚は、いまも強く志緒を苛んでいた。

深く繋がって熱を吐きだしたというのに、浅ましくもまだ欲しいと思ってしまう。肌がぴりぴりするくらい敏感になっていて、糊《のり》の利いた浴衣が胸の尖《とが》りを擦《こす》ると、みっともない声をあげそうになるくらい感じた。

「お風呂からの夕日はご覧になりました？」

夕食の準備をする仲居が、にこやかに尋ねた。

「自分はここから堪能しました」

嘉津村は志緒に視線を送りながら、爽《さわ》やかに笑う。自分は風呂に入っていないのだと主張しているし、確かにその通りなのだが、さんざん志緒を翻弄《ほんろう》した上でのその発言だ。なんだか納得がいかなかった。

仲居の目は志緒に向けられた。

「きれいでしたでしょう？」

「はい、とても」

力のない笑みを返すと、仲居はわずかに眉根《まゆね》を寄せた。心配そうな様子が見えた途端、嘉津村は先手を打った。

「のぼせちゃったらしいですよ」

「あらあら、大丈夫ですか？　ご気分悪いようでしたら、すぐにお隣にお布団敷かせますけど」

「あ、いえっ。もう平気……です」

とても視線をまっすぐ返せない。まさかセックスしたせいです、なんて言えるわけがない。

だからごまかしてくれた嘉津村には感謝している。とはいうものの、そもそも夕食前にことに及んだせいなので、プラスマイナスでゼロというところか。

「大浴場のほうもお入りくださいね。露天風呂も広くて、いいですよ」

「ええ、ぜひ」

愛想のいい嘉津村を眺めながら、きっと行くことはないだろうなと思う。少なくとも志緒を行かせることはしないだろう。ほかの男に見せるなんて……と、旅行の計画段階で言っていたくらいだ。どうやら冗談ではなく本気らしい。

夕食は豪華だった。自家製の食前酒から始まり、地物の魚貝や野菜をふんだんに使った先付や八寸、お造りは伊勢エビを中心とした舟盛りだったし、メインは松阪牛の陶板焼きだった。もちろん煮ものや椀ものなども、できたてが熱いうちに運ばれてくる。

けっして志緒は小食ではないが、とても食べきれる量ではなかった。〆の味噌汁と飯ものに辿りつく頃には、もう限界となってしまった。

「……かなり無理なんですけど……」

「だろうな」

「なんか、悔しい……」

白くてつやつやの飯は本当に美味そうだし、伊勢エビの頭で出汁《だし》を取ったという味噌汁《みそしる》も本当に美《う》味《ま》い。一口だけ飲んでみたが、濃厚だった。なのにこれ以上、入らないのだ。

「無理すると、気分悪くなるぞ」

「……はい」

申し訳ない気分で箸《はし》を置いた。

食事が終わると水菓子とお茶を出されたが、志緒が口を付けたのはお茶だけだった。すると仲居が水菓子にラップをかけて冷蔵庫に入れてくれた。基本的にそういうサービスはないようだが、夜食にどうぞと笑顔で言われてしまった。

もしかすると、未練がましい目でイチゴやキウイなどのフルーツを見つめていたのかもしれない。

かすかに笑っている嘉津村の顔は、あえて見ないようにした。

翌朝は若干だるかったが、どうやらそれは湯あたりというのらしい。セックスの影響も少しはあるかもしれないが、とりあえず温泉のせいにしておいた。

朝食後、すぐに志緒たちは伊勢神宮へ向かった。とりあえず今日は内宮だ。

「すごい人……」

橋を渡る人の数は、志緒が想像していたよりも遥かに多かった。そして予想に反して若い人たちも相当数いた。てっきりお参りに来るのは高齢層ばかりだと思っていたが、これは認識を改めねばならない。

「春休みだしな。また平日だからマシだと思うよ」

「ほんと、すごい……」

ぞろぞろと人の流れは奥へ奥へと向かっており、案内図など見なくても、流れに乗っているだけで正宮へたどり着けそうだった。

不思議と空気が違う気がした。頬を撫でる風もただ冷たいだけではなく、静謐《せいひつ》で荘厳で、いつまでも包まれていたいと思わせるものがあった。

「なんだか……すごいですね。うまく言えないけど……」

「ああ」

「嘉津村さんが来たいって言ってた意味、わかった気がします」

少し進むと、そこかしこに立派な杉の木が見えてきた。どれだけの樹齢なのかと見惚《みと》れるほど大きなものもある。つい触りたくなって、ざらりとした木肌に手を当てていると、同じようにしている参拝客があちらこちらで見られた。考えることは同じらしい。

木を見ながら、嘉津村とぽつぽつと言葉を交わしているうちに、正宮まで辿りついた。厳《おごそ》かな気持ちをさらに強くしてお参りをし、静かにその場を離れた。順番を待っている人たちがいるからそう長くいられないのが残念だった。

「あー……なんか、いいですねぇ」

味わったことのない感覚に、自然と笑みがこぼれる。楽しいとも言えるし、満たされた気分だとも言える。漠然《ばくぜん》と、ここが好きだという思いがあった。どこがどう、というわけではなく、ここの空気だとか雰囲気だとかが、たまらなく好きになった。

さっきとは違う道を選んで歩いていると、視界の隅に鶏が見えた。

「あれ？」

「神鶏ってやつだな」

「へぇ……」

どうやら神の使いとして、放し飼いにされているようだ。種類も様々で、茶系のものから白いもの、ごま塩のように白と黒がまじったものもいた。人が近づこうがじっと見つめていようが、慣れているのか鶏たちは実に堂々としたものだ。植えこみで寛《くつろ》いだりそこらを歩きまわったりしている。

嘉津村が白い鶏を見て、「白色レグホンにしか見えない」と言っていたが、そこは聞き流すことにした。

それから二人で内宮をゆっくりと見てまわり、充分に満足してから最初に渡った橋を歩いて戻った。とっくに昼を過ぎ、人出もさらに増えていた。

「一時か……三時間以上いたんだな」

「え、そんなに？　気づかなかった……」

「昼メシにするか。てこね寿司がいいんだろ？　少し待つかもな」

どうせなら名物を食べたいと言ったのは志緒なので、待つのはかまわなかった。この人出を見れば、待つのは当然だと思う。

嘉津村が向かったのは、おかげ横町と呼ばれる界隈《かいわい》だった。江戸後期から明治初期の雰囲気が再現されていて、飲食店や商店が軒を連ねている。

「ちょっとしたテーマパークみたいですね」

建ち並ぶ店を見ているだけでも楽しく、食事をしようと決めた店も、時代劇で見るような風情で、待つ時間すら退屈しない。

嘉津村はどこにいても人目を引くが、待つあいだもそれは一緒だった。どんな風景のなかにあっても、絵になる男というのは浮いてしまうようだ。

やがてこちらを見てなにかを言いあう女性たちが現れた。

気づいたなと思っていると、案の定、二人の若い女性たちは嘉津村に駆けよってきた。

「あの……っ、辰村さんですよね？」

待っている客が大勢いるなかでのそれは、否応なしに目立ってしまった。なにごとかと、興味深げな視線が集まった。

「ええ」

「やっぱり……！　いやーっ、嬉しい！」

「どうしよー、すごいっ」

見たところ志緒よりも少し上という感じだ。学生ではなさそうだったが、そのテンションは学生のようだった。

「もしかして、あの雑誌の取材ですか？」

「いや、別の取材でね」

柘植グループの店は伊勢にないのだが、そのあたりのことは頭にないらしい。あるいは名古屋がメインで、伊勢がついでだと思っているのかもしれないが。

サインを求められた辰村は、苦笑しながらもそれに応じた。きっと周囲は芸能人かなにかだと思っているのことだろう。

幸いなことに、ちょうどよく順番が来て呼ばれたので、それ以上絡まれることはなかった。二階へ上がり、席に着いてしまえば、女性たちも待っている客たちも近づくことはできない。

「最近、少しずつ増えましたね」

「そうだな」

フォトエッセイのせいか、以前よりも辰村の顔を知る人間は多くなっている。そのせいで、たまに今日のようなことが起きるのだ。だがそれは嘉津村も予測していたようで、嘆息しつつも仕方がないと諦めていた。

相変わらずちらちらと視線は送られてくるが、通常の範囲以内だ。普段の外食のときと似たようなものだった。

嘉津村と行動をともにするようになって、志緒は周囲の視線を気にしないというスキルを身に着けた。もともと一人でいても多少は見られていたから、そう難しいことではなかった。

混んだ店内の片隅で念願のてこね寿司を堪能し、そう長居はせずに店を出た。次々と客が来るから、食べ終わったあともののんびりしていられる状態ではなかった。

「お土産、買わなきゃ」

「まとめて酒……でいいんじゃないか。あと、つまみになるようなもの」

「あ、それいい。さっき造り酒屋さんがありましたよね。とりあえず、うちに送っちゃって、持っていけばいいかな」

志緒が独り言のように呟《つぶや》くと、嘉津村はなぜか嬉しそうな顔をした。恥ずかしくなるくらいに優しい顔だった。

「自然に、うち……って言うから、ちょっと嬉しくてね」

「な……」

一瞬で顔に血が上るのがわかった。単純に照れくさいし、こんなことで喜ぶ嘉津村が妙に可愛《かわい》く思える。そして可愛いと思ってしまった自分にさらにうろたえた。

逃げるようにして酒屋に向かい、清酒と焼酎を一升瓶で、梅酒などの四号瓶サイズのものを五種類買って配送してもらう。あとからついてきた嘉津村はいっさい口を出さなかったが、金を払う段になると出てきてさっさと支払いをすませてしまった。

当たり前のようにするその行動は、立場の違いを考えると当然なのかもしれないが、志緒に思うところがないわけではなかった。せめてつまみは自分で買おうと心に決める。

酒屋を出ると、少し離れた場所にかなりの人だかりができていた。一角に立ち止まり、なにかを眺めている様子だ。

「なんだろ……？」

「撮影みたいだな」

「テレビですか」

「たぶんね」

嘉津村はあまり興味がなさそうだし、志緒も気になるほどでもなかったので、まだ見ていない店に立ち寄っては、土産になりそうなものを買っていた。

そうして何軒目かの店を出て、まもなくそれは起こった。

「辰村先生……！」

いつのまにか移動していた人だかりが、やけに近くにいるな……と思った直後だった。高めで透き通った声が聞こえ、嘉津村は怪訝そうに振り返った。

志緒もその視線を追った。

そこには志緒と同じ歳くらいの可愛らしい女性がいて、かなりキラキラとした目を嘉津村に向けていた。

垢抜《あかぬ》けていて、メイクも完璧で、色が白くて華奢《きゃしゃ》だ。美人というよりは、やはり可愛らしいタイプだろう。

「お久しぶりです、先生」

話しかける顔は気色に満ちていて、まなざしはどこか潤んでいるようにも見えた。わかりやすいほどの好意がそこにはあった。

対して嘉津村の反応は、戸惑いつつも多少素っ気なかった。

「ああ……久しぶり」

「すっごい偶然！　まさかこんなとこで先生に会えるなんて思わなかった。なかなか連絡できなかったけど、ずっと会いたいって思ってたんですよ。あたし、今日はロケで来てるんです。伊勢神宮とおかげ横町のグルメっていう企画で。先生は旅行ですか？」

マシンガントークというのは、こういうことを言うのか。内心そんなふうに思いつつ、志緒はまじまじと彼女を見つめた。

そして嘉津村は、やや引き気味ながらも、とりあえず笑みを浮かべた。大人として当然の対処だ。志緒の目には明らかなほど無理に作った顔だったが、彼女は気づかないのか無視しているのか、嬉しそうに頰を赤らめた。

芸能人なのだろうなと、志緒はぼんやり思う。周囲が色めき立っているし、人だかりの中心だったところでは、テレビ局のクルーらしき人々と共演者らしいタレントが二人、困惑げにこちらを眺めている。志緒でも知っている芸人だった。

慌ててこちらへ来ようとしている女性は、あるいは彼女のマネージャーという存在かもしれない。あの様子だと、嘉津村を見つけて駆けよってきてしまったようだ。仕事中にそれは許されるのだろうかと内心溜《た》め息《いき》をついた。

じっくりと顔を見てみれば、確かに見たことはあった。ただし名前と顔は一致しないし、どんなドラマに出ていたかもわからない。もしかして先日南が教えてくれた、嘉津村に熱を上げていた女優かなぁ……と推測を立てた。

「あの、ホテルってどこですか？」

あからさまな好意と期待感を彼女は隠そうともしない。四年前に相手にされていなかったことは、彼女のなかでどう認識されているのかと、不思議に思えるほどだった。都合よく記憶が改ざんされているのか、四年たって今度はいけると踏んだのか。いずれにしても志緒には到底真似できないことだった。

「ちょっと、なにやってるの……！」

やってきた三十歳くらいの女性は、軽く彼女を睨みつけてから、嘉津村に向かって深々と頭を下げた。

「ご無沙汰《ぶさた》しております、辰村先生。ジェム・プロモーションの木下《きのした》です。橋本がご迷惑をおかけして申しわけありません」

「迷惑って……」

心外だと言わんばかりの彼女は、やはり先日の話に出た橋本あかりのようだ。そしてマネージャーの様子からして、スタッフの許可は取っていないのだろう。

「当たり前でしょう。仕事中なのよ？　いくらカメラまわってないからって……。ああ、失礼しました、先生。あらためて後日お詫《わ》びに伺わせていただきますので、本日はこれで失礼させていただいてもよろしいでしょうか」

「どうぞ、おかまいなく。気にしてませんから。では、わたしたちも失礼します」

言外に詫びはいらないと言いきり、相手が立ち去るよりも早く嘉津村は踵《きびす》を返した。大勢の人たちに見られている状態から、早く抜け出したいというのが本音だろう。

志緒は軽く背を押されて、人垣の外へと連れだされた。

「ほら、戻って。もうちょっとで終わるんだから、しっかりやりなさい」

背後で木下の声を聞いたが、橋本あかりの返事は聞こえてこなかった。声には出さず頷いたのかもしれないが、納得していない可能性もありそうだった。

足早にその場を離れ、嘉津村はタクシーを拾った。予定よりも少し早いが、もう宿に戻ることにしたらしい。

「とんだハプニングだったな」

溜め息まじりになってしまうのは当然だと思った。なにしろ目撃者は多数いた。さっきの接触を、どう曲げられて噂されるかわかったものではないのだ。

「すごいですね、彼女……」

「四年たっても変わってなかったよ」

「なんていうか……かなり疲れそうです」

「その通り」

積極的にぐいぐいと押してくるタイプなのは、ちょっと見ただけでもわかった。しかも嘉津村が喜んでいないことなど、気にもしていない様子だった。

「ずっと会ってなかったんですよね？」

「とっくに諦めて、忘れてくれたと思ってたんだけどね」

実際、ここ何年も会っていなかったし、そもそも連絡先すら向こうは知らないはずだという。彼女は別の男との熱愛報道もあったという。

気が多いのか、それとも偶然の再会に舞い上がったのか。このまま終わってくれることを願うばかりだ。

「ま、しばらく気をつけとくか。大きな問題はないと思うけどな」

「俺がいて大丈夫なんですか？」

「いてくれないと困る」

小声で囁くように言い、嘉津村は志緒の手に指を絡めた。

なにげない言葉の一つ一つが嬉しくて、思わず指先を握りかえした。橋本あかりの存在は、志緒が自分で思っていたほど気にはならなかった。一方的だということを、はっきりと目の前で見たせいかもしれなかった。

「これからも二人で、いろいろなところへ行くんだからな」

「そうですね。仕事もあるし……」

もっとも例の企画がいつまで続くかはわからない。とりあえず二年ということになっているが、そのあと延長するのか、終わってしまうのか、現段階では誰にもわからないことだ。そうしたら二人で旅行する機会は減ってしまうのだろう。

「企画が終わっても、旅行はしたいです」

「当然だろ。志緒とは好みもあいそうだしな。高千穂も、楽しみだな」

具体的にいつとは言わないが、そう遠くない先に行くことになるのだろう。楽しみで、口もとが緩くなった。

「嬉しそうだな」

「はい」

「とりあえず明日は外宮だ」

「楽しみです。自分でも、よくわからないんですけど、なんていうか……今日は心が洗われるような気がしたんです」

あの空気のなかにいるのは、やけに心地よかった。ひどく落ち着けた。きっと嘉津村も同じように感じたのだろうと思って見れば、なにやら彼は思案顔だった。

視線で問いかけると、にやりとした笑みが返ってきた。

「心が洗われる……か」

意味ありげに呟くさまを、志緒は訝《いぶか》しげに見つめた。

「そうじゃありませんでした……？」

「いや、確かに洗われたような気はするんだけどな……清々しい気持ちになったし。でも一部、頑固に残ってる部分もあるというか」

「一部？」

「うん。お伊勢お参りをしても、志緒に対する欲望とか煩悩《ぼんのう》はまったく消えてない」

聞こえるか聞こえないかくらいの小さな声だったが、しっかり志緒の耳には届いていた。絡んだ指が意味を持って動いて、熱を孕《はら》んだ視線を向けられた。

志緒はうっと言葉に詰まった。

その言葉が夜にも証明されることを、そのときまだ志緒は知らなかった。


今日は一緒に入ろうか、と誘われたのは、夕食を取り終えてから、たっぷり二時間はたった頃だった。志緒はなにをするでもなく、夜のニュース番組を見ていた。

風呂のことだというのはすぐにわかった。昨日のは一緒に入ったうちに入らない、と言われ、確かにその通りだと頷いたら、そのまま了承したことになってしまった。

豪勢な食事と時間の経過に、タクシー内でのやりとりをすっかり忘れていた。案外自分は、単純にできているのかもしれない。

認識が甘かったことに気づいたのは、あとを追って風呂に足を踏みいれた瞬間だった。

昨日と同じく、ガラス戸はきっちりと閉められていた。見た瞬間に、まさかの考えが頭をよぎったものの、後ずさる間もなく捕らえられてしまった。

「はぁ……」

捕まってから、どのくらいの時間が過ぎたのか。

志緒はぐったりと嘉津村の胸にもたれ、せつなげな吐息をもらした。ようやく呼吸は整ってきたが、まだ指先一つ動かしたくなかった。

風呂場での行為は、やけに疲れる。まして昨日よりもたっぷりと時間をかけて愛撫され、身体を繋いでからもまるで焦らすようにして長く責められたのだ。

「なんで……ここ、ばっかり……」

志緒はまず一番訊《き》きたかったことを口にしてみた。

風呂でばかり抱きたがっているように思えてならない。自宅の風呂よりも広いからそそられるのか、以前からしたかったのか、今後のためにも確かめておこうと思った。

だが理由は思っていたより現実的なことだった。

「風呂なら、痕跡《こんせき》が残らないだろ?」

「あ……」

念のための用心ということらしい。この手の警戒は、以前の札幌取材旅行でもしていた。だが志緒には言いたいことがあった。そんなに警戒するならば、少しぐらい禁欲すればいいのではないだろうか。どうせ一緒に暮らしているのだから、旅行先でくらい我慢したところで、さして問題はないような気がする。

そんなふうに考えているのが想像できたのか、嘉津村は志緒のこめかみにキスをして、笑みを含んだ声で言った。

「いつもと違うから、余計したくなるんだよ」

「……俺の考えてること、なんでわかったんですか」

「愛」

真顔で言われたら、とっさに目を逸らしたくなる。なんだってこんな恥ずかしいことを、冗談に紛れさせることなく言えてしまうのだろう。

「温泉旅館もいいけど、今度は別荘かコテージみたいなのもいいな。家にいるみたいに気兼ねなく、非日常を味わえる」

「……やっぱり、人目って気にしなきゃいけないんですよね……」

「俺はいいんだよ」

「え？」

「自由業だしな。でも志緒は、やりにくくなるかもしれない」

いくら上司の柘植に理解があるといっても、ほかの社員までそうではないだろう。なかには気にしない人もいるだろうが、全員はありえない。

志緒のためなのだと言われ、秘さねばならない恋に拗ねていた自分が恥ずかしくなった。

「ごめんなさい……」

ぽつりと告げた謝罪の意味を、嘉津村は問おうとはしなかった。

重なっていた志緒の身体を横抱きにして立ちあがり、静かに浴槽のなかへ下ろす。そうしてガラス戸を開けてから、嘉津村自身も浴槽に身を沈めた。

雨の音が、聞こえてくる。

夕方から降りだした雨は、少し前から強くなったようだ。幸い風があまりないので、吹きこんでくるということはない。

志緒は嘉津村に背中から抱えられ、うっとりと目を閉じた。

どうせ空は厚い雲で覆われて、星も月も見えない。海は黒く、眺めていても楽しそうなものはないのだ。

「余裕がないのは、お互いさまだ」

「そんなこと……あるんですか？　嘉津村さんも？」

「ああ。どうしたら、志緒はもっと俺のことを好きになってくれるんだろうって焦《あせ》ってるよ。俺なしじゃ生きていけないようにしてやろうって、企んでるし」

「いまだって、すごく好きです……！　どうしたらいいのか、わからないくらい……」

気持ちが弱いとか軽いとか思われたくなくて、志緒は必死で言葉を募った。普段、志緒はあまり言葉にはしないほうだ。嘉津村を思う気持ちが足りないとは思わないけれども、言わなければ伝わらないことだってあるのは知っていた。

わかってる、とでも言うように、後ろからぎゅっと抱きしめられた。

「たぶんさ、志緒が思ってるより、俺は志緒のことを愛してるよ。それで、欲しくて仕方ないって思ってる」

素直に嬉しくて、照れながらも志緒は頷いた。

「志緒は？」

「お……俺も、です」

「俺が欲しいと思ってくれてるか？　心だけじゃないよ？」

囁きながら嘉津村は耳朶に触れ、抱きしめた腕の先で撫でるような愛撫を再開させる。欲しい、の意味がわからないほど鈍くはなかった。

それでも問われるままに志緒は頷く。

まだ恥ずかしさが先に立って、積極的に欲しがることはできないし、なにかと及び腰になってしまうが、本当は志緒だって嘉津村が欲しかった。身体の至るところを触られるのは喜び以外の何者でもなく、深く繋がって快楽に果てることにもひどく満たされた。泣きたくなるほど激しく求められることさえ、けっしていやではなかった。

志緒の答えを待っていたのだろう。嘉津村は腿を撫でていた指先をすべらせて、するりと最奥を撫でた。

「あん……っ」

さっきまで嘉津村を呑《の》みこんでいた場所だ。放たれたばかりのものも、まだ掻きだされることなく残っている。

ゆっくりと指がなかに入ってきた。なかに残っているものが助けになって、痛みや抵抗はあまりなかった。

「志緒のここも、欲しいって言ってるな」

「う、そ……やっ……」

小刻みに動かされて、たまらず声が出た。

いつの間にか、後ろだけでも感じられる身体になっていた。まだ抱かれるようになって日は浅いのに、この身体は嘉津村の思うままに反応するものに変えられてしまった。

志緒は手で自らの口を覆い、びくびくと身体を震わせた。

なかをいじられるのは気持ちがいい。弱いところをいたずらされると、我を忘れてよがりそうになってしまう。

「こっち向いて、顔見せて」

優しいのに支配力のある声に促され、志緒は指を含んだまま上体を捩って顔を向けた。もちろん視線は俯かせたままだ。とてもこんな距離で目をあわせることなどできはしない。

嘉津村は志緒の腰を抱いて引きあげ、向かいあった形で彼をまたがらせた。

「こ……このまま、するんですか……？」

「いやか？」

どうしてもいやだと言えば、嘉津村はきっと無理強いはしない。わかっているから、志緒は黙りこんだ。それに、いやではないのだ。ただ気になってしまうだけだった。

「声が聞こえちゃったら……」

さっき窓は開け放ってしまった。雨の音が多少はかき消してくれるだろうが、気休め程度にしかならないだろう。

「じゃ、ずっとキスしてようか」

嘉津村は笑いながら、伏し目がちだった志緒のまぶたにキスをして、おずおずと顔を上げたところで、今度は軽く唇にキスをした。

本気だろうか。それとも冗談なのか。

量りかねていると、そっと唇が重ねられた。

どちらだろうと、志緒は戸惑いつつも受けいれるだろう。欲しいという気持ちは、きっと嘉津村と同じくらいに強いのだ。

深くなるキスに酔いながら、志緒は嘉津村が与えてくれる快楽に身を任せていった。

あとがき

秘密のバーに集う人々……のなかから、にょろりと発生したカップルでございました。微妙に違うかな？

さて、作中で出てくるバーにはモデルがありまして……いや、わたしは行ったことなかったし、もうないんですが、身内が常連でした。

客は皆、知りあいで、好き勝手に飲んでいて、常連の一人に某有名洋食店の料理長がいたので、その人が作ってくれていた……という。洋食店ではけっして作らないようなものも。その料理長はもう退職されちゃいましたが。

書き下ろしの話で、伊勢が出てくるのは、わたしが「旅先での話を中心にします」と言ったところ、担当さんからプッシュがあったからです。そういえば以前、お伊勢参りの話で盛り上がったことがあったっけ。

大きな木を見ると触りたくなるタイプなんですが、伊勢神宮の杉の木には正直しがみつきたいと思いました。心底思った。杉の木はさほど好きではないはずなのに、あそこまで立派だと、もう種類とかどうでもいいですね！　基本的にはハルニレとかブナとかミズナラの群生とか混生が好きなんだけど。岳樺とかも。

ところで、話は変わりますが自宅をリフォームいたしました。おもに耐震の。そしてついでに自室も大改造しちゃった。和室から洋室へ〜。ようやく障子の張り替えとか、破れとか気にしなくてよくなって嬉しい。でも愛しの階段簞笥は、和室のときのほうがしっくりしてたな……。と、民芸簞笥を見るとハァハァするわたしはちょっと思うのであった。

それはともかく……リフォームのために一度部屋を空っぽにしたわけですが、押し入れの奥とか、とんでもなく長いあいだ開けていなかった箱から、目眩がしそうなほど古いものがわんさと出てきまして。小学生のときの通信簿から、中高の生徒手帳から、作文からテストの答案とか、もういろいろ。もちろん捨てました。

そして生まれて初めて書いた小説（オリジナル。普通に女の子が主人公……っていうか、女の子を中心にした集団もの）も発掘………。うん、しばらく悶絶した。当然のことながら手書きですとも。当時はワープロさえまだ普及していなかったのだ。

で、設定とかエピソードとか、もう、もう……！　なんか思春期爆発って感じでしたとも。「ああ、これが噂の中二病ってやつ？」的な。実際に中学生だったし。それと、いろいろなことに時代を感じたなぁ。言葉遣いがもう時代を感じさせるの。

いやー、突っこみ満載。でも動悸息切れを起こしつつ、最後まで読んでみました。なんのプレイだ、と自分で思った。そのときのわたしは、軽くMだったのかもしれない。

そんなこんなで、いろいろなものを大量処分。週二回の燃えるゴミの日に、毎回四十五リットルのゴミ袋に二つくらいずつ捨てる状態が、一ヵ月は続いた。自分はゴミのなかで暮らしていたんだろうかと、真剣に思った……。だって、もはや消えちゃってなにが書いてあるのかわからないファックスの感熱紙とか大量に出てきたし。

捨てられずにいた古い（二十年以上前の）雑誌とかも思いきって処分！　某専門誌で、写真ページがばかりな上に大判なので、厚さ十センチくらいずつ紐でくくると、一束が五、六キロになってしまうというへビー級。あと昔出した同人誌の在庫が、とんでもないところから出てきてびっくり。まだあったのか、知らなかった（笑）。ちなみに商業誌の番外編でした。もちろん処分。

ビデオテープも二百本くらいは捨てたなー。比較的近くに清掃局があって、テープ類の専用ポストみたいのがあるので入れまくってました。ガッコン、ガッコン……という音が、意外に気分良かったりする。

そしてバッグとかまだ新しい服とかは、親戚の子にあげたり。

今回のリフォームで、わたしの部屋は確実に何百キロも軽くなったであろう。いろいろなものを処分したものの、できないものもたくさんあるので、それらはトランクルームを借りまして、せっせと運びました。

なんていうか……いいですね、トランクルーム。ヤバイものを知ってしまった、という感じがします。リフォームは終わり、少しずつ自室を整えていかねばならないのですが、

あとがき

とっても面倒だし、せっかくすっきりした部屋に、大量の荷物を戻したくないし……ってことで、そのまま借り続けることにしてしまった。サイズは小さくすることにしましたけど、季節ものとかあふれた本とか、そのまま置いておこうかと思います。常に空調効いてて、我が家より環境が安定してそうだし。

まぁ、そんな感じのここ数ヵ月でございました。

本当はこんな暢気に近況報告している場合ではなく、とりあえず高峰《たかみね》顕《あきら》先生と担当さんに土下座しなきゃいけません、わたし。いろいろと至らず、大変申しわけありません。そして、ありがとうございます。

志緒《しお》も嘉津村《かつむら》も、そして柘植《つげ》も、とても魅力的に描いてくださって嬉しいです。志緒はきれいで可愛く、嘉津村は男らしくて格好いい～。そして全体を漂う色っぽさ！

素敵なイラストを本当にありがとうございました。次回もどうぞよろしくお願いします。

最後になりましたが、ここまで読んでくださってありがとうございました。またお手にとっていただけたら嬉しいです。

きたざわ尋子《じんこ》

初出
純愛のルール ―――――――― 小説リンクス2、4月号（2011年）掲載作品
純愛の欲望 ―――――――― 書き下ろし

この本を読んでの
ご意見・ご感想を
お寄せ下さい。

〒151-0051
東京都渋谷区千駄ヶ谷4-9-7
(株)幻冬舎コミックス　小説リンクス編集部
「きたざわ尋子《じんこ》先生」係／「高峰《たかみね》 顕《あきら》先生」係

リンクス ロマンス

純愛のルール

2011年8月31日　第1刷発行

著者……………きたざわ尋子《じんこ》
発行人…………伊藤嘉彦
発行元…………株式会社　幻冬舎コミックス
〒151-0051　東京都渋谷区千駄ヶ谷4-9-7
TEL 03-5411-6434（編集）
発売元…………株式会社　幻冬舎
〒151-0051　東京都渋谷区千駄ヶ谷4-9-7
TEL 03-5411-6222（営業）
振替00120-8-767643
印刷・製本所…共同印刷株式会社
検印廃止

ISBN978-4-344-82297-9 C0293
Printed in Japan

幻冬舎コミックスホームページ　http://www.gentosha-comics.net

本作品はフィクションです。実在の人物・団体・事件などには関係ありません。